猫のためいき鵜の寝言　十七音の内と外

正木ゆう子

春秋社

装丁　笠原正孝
イラスト　米倉万美

目次

1

蝶の弔

集団就職

埼玉に住んでいるが、福岡の従姉から切り抜きをもらって、西日本新聞の文化面を愛読している。最初は村田喜代子さんの「この世ランドの眺め」など大きな記事だけだったのが、やがてすぐ下に小さくぶらさがっている連載エッセイも届くようになり、この度とうとう自分で書くことになった。

さてどう書き出そうかとパソコンを開き、なんとなく「この世ランドの眺め」と打ちこむと、福岡の出版社から同名の本が出ている。すぐに注文し、今その本が届いたところだ。

表紙を開くと、「弦書房・出版案内」がひらりと挟んであって、一枚の写真が目を引いた。キャプションに、『集団就職』より、とある。

旅立つ子供たちがバスの窓から手を振り、見送る家族がバスの横に大勢集まって、双方をたくさんの紙テープが繋いでいる。出版案内にこんな写真を載せるところが弦書房らしいと思いつつ、昔母から聞いた話を思い出した。

父と母が長崎から列車に乗ったときのこと。前の座席にまだ子供のような少年が座り、就職のためにふるさとを離れるところだったらしい。

家族に別れを告げ、列車が発車すると、その子が泣き始めた。声を出さず、静かに、ずっとずっと泣き続ける少年に、母は声がかけられなかったという。あの子はどうしてるだろう。母は後々まで何度となくこの話をしていた。

母たちは鳥栖で熊本行きに乗り換えたはずだから、関西か関東へ行く少年と一緒だったのは僅かな時間である。

少年はそのとき前に座っていた人が生涯自分を気に掛けていたことを知らない。ましてその娘の胸底にまで自分の姿が棲みついていることなど知るよしもない。

こういう縁を淡いというか濃いというか、近頃わからなくなってきた。こんな縁こそ濃いと思って生きていたい気もする。

たった一度すれ違った人、一羽の鳥、過《よ》ぎった思い。微かなそれらを、俳句とともに書き留めてみたい。

ものさしは新聞の下はるのくれ　　ゆう子

懸垂

今年はまだサトルの姿を見ない。去年はとうとう一度も現れなかった。彼は何年か前に面白い芸当を見せてくれたことがある。

日照りが続いた夏の日の午後だった。彼は水撒きのときによく現れるので、その日も庭木に水が行き渡ってもなお、彼が水の匂いを嗅ぎつけて出てくるのを待っていた。すると来た来た。お隣の茂みから。ノソノソと現れ、水！水！と、思わぬ速さで近寄ってくる。ところが彼には難関があった。お隣よりうちの庭が少し高く、彼はそこを上がれないのだ。

どうするだろうと見ていたら、彼は両手を挙げて、エイッとばかりにうちの庭の縁に跳びついた。そしてウッウゥッウッと力を込めて懸垂をする。彼の三角形の白い顎《あご》が、両手の間からウグーと、地平から昇る太陽のように上がってくるのが可笑しい。懸垂が功を奏し、こちらからは見えない足が地面から離れたと思しき瞬間、バランスが崩れたのか、両手を離して、仰向けにひっくり返った。

もう一度もう一度と、三回ばかり試みたあと、彼はやっと成功して上がってきた。

よくやったと褒めて、では水を掛けてやろうかと立ち上がると、何を思ったか、私の足めがけてピョンと跳んだのには驚いた。私のところへ来てどうする。私はサトルが大好きだけれども、べつに触りたいわけではない。こんどは私が跳び退いて、たっぷり水を掛けてやると、彼は満足し、帰りは下りなので易々と、お隣へ戻った。

あんなに活動的な蝦蟇《ひきがえる》を見たのは後にも先にもその時だけである。一昨年はけっこう姿を見せて、壊れた石灯籠の屋根の部分が地面に置いたままになっている蔭に居たのだけれど、去年はついに見なかった。

この石灯籠、なんとも頭でっかちで、地震が起きたら壊れるなと思ったその翌日に東日本大震災が起こり、思ったとおり壊れた。

サトルは悟っているようにしか見えないのでサトル。次の句に蝦蟇の文字は無いが、句の後ろには彼の姿がある。

われもまた後ろ盾なき涼しさに　　　ゆう子

蝶の弔《とむらい》

いちばん怖い生きものはと聞かれると、蝶と答えていた。本当は蛾が怖くて、似ているから蝶も怖くなったのだと思う。

網戸など無かった子供の頃は、夏の夜、よく大きな雀蛾が家に飛び込んできたものだ。そうすると父の出番。蛾と父の戦いが終了するまで、私はどこでもいいから戸の閉められる場所に隠れて、じっと息を潜める。

長年住んでいる関東では一度も見たことがないので、南国のものかと思っていたが、いちど羽黒山山頂近くの宿坊にすごいのが現れて、私は逃げ回り、それからはまた何年も見ていない。

蛾と蝶は姿も飛び方も全くちがうのに、蝶は蝶で、側にすり寄ってくるような飛び方が苦手だった。ここまですべて蝶苦手の弁を過去形で書いているのは、年を重ねるにつれ、生き物の哀れがさすがに蝶にも感じられるようになってきたからである。

忘れられない蝶がいる。

熊本の城南町隈庄《くまのしょう》の叔母の家で、母方の祖母と曾祖母の五十回忌を修した日のことである。子供の頃からよく遊んだ広い庭に出て、竹の節のところの産毛の手触りに感心していたとき、ふと、庭の隅の畑で、一頭の蝶が妙な飛び方をしているのに気がついた。地面の一点に近づいては舞い上がり、また近づいては舞い上がり、を繰り返している。

何事よと近づくと、蝶は逃げるでもなく同じ動作を繰り返す。そこに何かあるのかと、さらに近づくと、蝶が幾度も降りていたところに、もう一頭の蝶が横たわっていた。

その蝶に、一頭は降りてきて低く飛びながら、羽ではたはたとはたいては離れ、はたいては離れしていたのである。そのときはまだ横たわった蝶は息絶えていなかったのかもしれない。

しゃがんで見守っていると、やがて一頭は一頭を置いたまま、諦めたように飛び去って、もう戻ってこなかった。

蝶は仲間を励ましもするし、弔いさえするのである。

去りがての蝶とむらひを了へし蝶　　ゆう子

石の研究

小学校に入るか入らないくらいの男の子とお母さんが前を歩いている。ふと男の子がしゃがんで石を拾った。立ち止まった分、母親から遅れたので、小走りになりながら、その間ももどかしげに、ためつ眇《すが》めつ石を見ている。

するとお母さんが振り返って叱りはじめた。またそんなもの拾って。お家にたくさんあるでしょ。捨てなさい。

おお、それは違うでしょ、と私は後ろから心の中で子供の味方をする。お家に山ほど石があったって、この石は違う石なんだもの。

でも子供は叱られ慣れているのか、口応えもせず、俯いて歩いている。あの子はちゃんと石の研究をする学者になれるだろうか。好きなものはしょうがないのだ。

九月に入って、空が高くなると、私は急にそわそわしだす。今日あたり、鷹が渡りを始める！とわかるからである。

今年は遠くまで見に行くのを止めようと何度思ったかしれないが、鷹が南へ飛びたくなるような空を見ると、もういけない。ああ、だめ、と思い、五分後には、絶対行くぞ、に変わっている。

そんなに好きなら、今年は止めると思わなくてもいいようなものだが、鷹の渡りの観察は、埼玉からだと、とにかく行くのが大変なのだ。

長野の白樺峠までは、高速を使っても片道半日がかり。天候に左右されるから、そうまでして行っても必ず見られるものでもない。でも、居ても立ってもいられない。念願叶って、どうにかたどり着き、目出度く双眼鏡の中に鷹の姿を捉えたときの嬉しさといったら。

このあいだ、何か調べるついでに、たまたまネット動画で白樺峠の鷹の渡りを見つけた。本物を知っているので、動画なんて興味はなかったが、全く期待せず見てみたら、すぐに涙がはらはらと流れ出て、自分でもびっくりした。

あるとき、白樺峠に行く行くと騒いでいると、夫が「去年も見たのに」と信じられないことを言う。ではあなたは昨日ビールを飲んだら、今日は飲まなくていいのか。

なんといふ高さを鷹の渡ること　ゆう子

やばまじ

　双眼鏡を構え、遥かな山並から鷹が現れるのを待つ。鷹は山の向こう側に吹きつける上昇気流に乗って稜線の上へ姿を現すのだ。山の向こうは松本平。時は九月。白樺峠ではその時期、数千羽の鷹が南へ渡るために通過する。

　稜線から一羽が現れると、たいてい何羽かあるいは何十羽かの鷹が続くので、最初の一羽を見つけると嬉しくて、「来た来た、コブの上」「一のピークの左で湧いてる」などと周辺の人どうしで教え合う。

「コブ」「一のピーク」などは白樺峠での合言葉。そう言えば誰でも鷹の居場所が特定できるのだ。だから倍率の低い双眼鏡しか持たない私は、なるべく巨大な望遠鏡を据えている人の近くに陣取って、いち早く鷹出現の情報をキャッチする。

　双眼鏡でしか見えなかった鷹は、白樺峠に近づくにつれ、肉眼でも見えるようになる。やがて憧れの眼差しで見上げている人間どもにお腹を見せながら、彼らは悠々と峠を通過し、岐阜方面へと去ってゆく。

　ひとしきり鷹が渡ると、峠にはまた静かな時間が訪れて、みんなそれぞれ大空の何処かに見落としている鷹の姿はないかと双眼鏡をあちこちに向けながら、誰かが再び「コブの上に三羽！」と興奮の声を上げるのを待つのである。

ところが昨年、近くにいたのは、初めて来たらしい男子学生のグループだった。彼らの反応といったら、「やば」と「まじ」の二種類しかない。

最初の一羽を見つけると、「やば」。鷹が次々と湧いて鷹柱を作ろうものなら、「まじ」。どこどこ、もっと具体的に言ってよ、と思うが、彼らは嬉しそうに「やば」「まじ」と言うだけで、何の役にも立たない。

しかし聞いていると、「まじ」も「やば」も実に実感が籠もっている。それは私たちの言う「わぁ」や「すごーい」よりずっと気持に近いのだった。

若者の語彙の貧しさを大人は批判するけれど、この時はいたく感じ入り、しまいには私たちも、「やば」「まじ」を連発して若返った。

ひとつ湧きひとつ加はり鷹柱　　ゆう子

2

健軍町行き

健軍町行き

人に伝わってこその俳句だが、これは伝わらないだろうな、それでもいい、と思って作る句がたまにある。

両親が死に、体の不自由な姉が施設に入ると、熊本の実家には誰もいなくなり、帰省のとき私は町中のホテルに泊まるようになった。

実家のある健軍には親戚がいるので、行って夕食をともにすることはあっても、寝るときはホテルに帰る。

「帰る」というのは、いつも健軍へ帰ることであったのに、夜更けに健軍町終点から上りの市電に乗るのは妙なものである。

ある夜そうやって電車に乗っていると、健軍町行きの下り電車と擦れ違った。最終かなと思いつつ、たまたま最後尾に座っていたので、見るともなしに健軍方面へ去ってゆく電車を見ていた。

電車は車体をゆらゆらと左右に揺らしながらゴトゴトと遠ざかっていく。石畳を走る市電特有の走り方が、まるで優しい生き物のよう。古い車両なのか、車内灯が橙色っぽい。

そのとき、金縛りにあったように、或るイメージがやってきた。あの電車に乗って健軍町終点に着けば、そして何事もなかったように家に帰れば、灯が点っていて、両親がいて、そこには子供の私がいる。

あまりにも生々しいイメージに、慄然とした。それならば今逆方向の電車に乗って健軍から去って行くこの私は何なのか。

電車の中で浮かんだ想念は、どこか奥深い急所に触れて、なかなか忘れることができなかった。

そういうときは俳句にする。言葉とは不思議なもので、想念を俳句にすれば、あっさりと片付けることができるのである。

十七音の俳句という小さな箱に入れ、ラベルを貼って棚に仕舞う。思いはもう私のものであって私のものでなく、棚に並べて眺めることができる。

こんなときの俳句は、まるで作り手が俳句に助けを求めているようなものである。

根の国へ最終市電春灯　　ゆう子

似た人

喪失感は、喪失したときに最も強く感じるわけでもないらしい。

前項に書いた、「この電車に乗れば父も母も生きている家に帰れる」という確信に満ちた錯誤は、一種の喪失感だと思うが、悲しみでもなければ淋しさでもなく、ただ立ち竦むような感じである。

喪失感ならばむしろ親が生きていたときに強く訪れていた。話が前後するが、こんな句がある。

果てしなき涼しさといふ夢も見き　　高山れおな

この句の鑑賞に、「果てしない寂寥の夢なら見たことがある。それが現実ならば生きてはいけないような、耐えがたい寂寥そのものの夢」と書いたことがあるが、子供の頃にそんな夢を見ていた。

夢の中で経験する寂寥は、喪失感に似ているが、もっと訳のわからない純粋さで、見るたびに私を圧倒した。

賑やかな家族に囲まれて、かなり脳天気な子供だったし、親が死ぬ夢を見たわけでもないのに、ただただ底知れない淋しさだけが残る夢を、なぜ見ていたのだろう。

たとえば長い長い塀の夢。確かに自分の家があるはずなのに、どこまでも塀だけが続いて、向こう側にある世界から隔絶されていたり。家の前の道路が、実際は数歩で渡れる幅なのに、モスクワの片側七車線道路のように広くてどうしても渡れなかったり。そんな夢にはストーリーがなく、決まって無人だった。あれは私の死後の夢だろうか。

目覚めているときには感情にブレーキがかかるけれども、夢の中では無防備に淋しさに晒されるとも考えられる。あるいは想像力は現実を超える、のかもしれない。

あるとき、散歩の途中、それぞれに別用があって町中で夫と別れた。ふと振り返ると、彼の後ろ姿が見える。まるで夫の死後、人混みの中で夫に似た人を見かけたような気がして、立ち竦んだ。

木賊《とくさ》折れ木賊散らばり父母の夢　　ゆう子

風の国

熊本の母は、長財布をひとまわり大きくしたくらいの、刺繍の美しいバッグを最後まで愛用していた。柩に入れようかどうしようかと開けてみると、ハンカチも写真もお金も何も入っていない。ただ一枚だけ小さな細長い紙が出て来た。私がメッセージを書いて送った一筆箋で、絵の部分だけを切り取ったものである。

地平線があり、裸木が何本か立っている。軽トラックが一台。荷台には黒い犬が乗っている。

万美ちゃんの絵だ。この連載のイラストを描いて下さっている米倉万美さんの絵である。

そういえばその一筆箋を手に、母が「この絵は淋しかねえ」と言ったことがあった。淋しかねえと言いながら、母はわざわざ切り取ってバッグに入れていたのだ。淋しかねえは、いい絵だねえと同じということが、私にはよくわかる。淋しい絵こそが、施設で淋しがっていた母の心に適っていたのだろう。そして描いた人の優しさが、勘の鋭い母には伝わったのだと思う。

万美さんは那須の人である。那須は私の第三の故郷だ。因みに第一は生まれ育った熊本。第二は現住所の大宮。

那須にはわが家のような場所があって、「ただいま」と泊まりに行く。いつも大量の選句などを抱えて行き、作句もここ十年ほどの句は殆ど那須で作ったものだ。

雄大な那須連山。温泉。人々。その次に特徴的なのは強風。標高の高い谷間の宿では、那須颪のすさまじさに、家が根こそぎ揺すられて眠れないほど。これほど風の強い土地は他に知らない。

那須といえば強風。そう思うのは私だけかと思っていたら、那須の医師であり作家であった見川鯛山（万美さんの父上である）の本を読むと、膨大な作品のほとんどが、先ずは強風の描写で始まっている。やっぱり那須は風の国なのだ。

見川医院は標高が千メートルもあるという。万美さんもまた雄大な那須岳に抱かれ、風の音を聞いて育った人である。

山の根を動《ゆる》がすまでに北颪《おろし》　　ゆう子

温泉の声

活火山である那須岳の麓には、当然のように温泉が湧く。千四百年の歴史をほこる古い温泉場である。

温泉は共同湯がいい。代々近辺の人々に守られてきた共同湯は、ただ四角な木の湯船があるだけで、流し場といっても、鏡やシャワーもなく、蛇口さえないシンプルさ。ただ壁際に据えた湯槽に筒を差し込んだだけの湯口から、絶えず温泉が流れ落ちている。

近所の人や農閑期の湯治客はみな素朴な人たちで、たまたま大入り満員の時間に遭遇すると、芋を洗うとはこのことかと、私も芋になって目をつぶる。

しかし時には、たまたまお風呂に一人ということがある。そんなときは他に動くものもないから、湯口から流れ落ちるお湯を見る。ただただ流れ出ている。このお湯は、人がいようといまいと、千四百年もずっとこうして流れ続けているのだ。

ふと、でもお湯が出ていても、浴槽がなければお風呂ではないな、などと妙な考えが浮かぶ。さらに、だからといって、浴槽が自分を温泉と思ったらおかしい、と考えが深みに嵌まっていく。お湯が第一、浴槽第二。人間もそんなものか。命が第一で、肉体が第二。命が必須、肉体は容れ物。

以来、お湯で一人になると、湯口を眺める癖がついた。見つめていると色々な言葉が浮かぶ。あるときは「惜しみなく」、あるときは「良き流れ」、あるときは「大丈夫」、あるときは「よしよし」。それらの言葉を、都合よく温泉の声ということにして、次に那須に来るまでお守りにする。

湯口には高いのと低いのがあって、下に置いてある洗面器に溜まっては絶えず溢れ続けている。高い湯口は激しく落ち、低い湯口は静かに落ちる。

あるとき、湯口の高低によって、洗面器に溜まるお湯の量が違うのに気がついた。静かな方は、洗面器になみなみと湯が満ちながら溢れるのに対して、激しく落ちるお湯は、洗面器のお湯を抉って溢れ、器にたっぷりとお湯の溜まることがない。まるで老いと若さのようだと思う。

年の湯の浮力六腑に及びたる　　ゆう子

小鳥

ちょっと来られる？　見せたいものがあるんだけど。宿の主が呼びにきた。家族のような物言いは、客だけれど、家族みたいだからだ。

茶の間で何か見せてくれるのかと思ったら、廊下を通り過ぎて玄関を出る。そして「しぃ」と口に当てた指で、玄関の外の床を指す。

鳥の糞。軒はけっこう深いのに、奥まった隅っこの壁際に鳥の糞が二、三滴落ちている。こんなところに糞？　と主の顔を見ると、今度は上を指す。

小鳥の尾だ。玄関を出入りするだけでは見えない軒の隅っこに、糞の主が尾っぽの先だけを見せて隠れている。まさに頭隠して尻隠さず。でも糞がありありと彼の存在を知らせてしまった。なんというかわいい証拠。

何だろう。雀よりは尾が長く、白っぽい。ライトで照らしてもっと見たいが、起こしては可哀想なので、早々に引き上げる。

鳥は夜が明けるとすぐにいなくなり、夕方になると人間に見つからないようにまた戻り、でも糞をしないわけにはいかず、真下に落ちるものだから、すぐにバレて、翌晩も下からお尻の穴を覗かれてしまうのだった。

小鳥は二晩泊まって、いなくなった。夏の夜の小さな出来事である。

その冬、またその宿に籠もっていたある夜、主が呼びにきた。「ちょっと来られる?」嬉しそうな主人の顔を見て、すぐにわかった。えっ、鳥?

あったのだ糞が。見えたのだ尾っぽが。その日は一日中、山特有の強風が吹き荒れていた。雪交じりの、家ごと持っていかれるような凄まじい風に、木も草も突っ伏して耐えているような天候だった。

鳥は夏の日を思い出して、この家の軒ならばと避難したのだろう。同じ鳥に違いない。そんな場所は、その子以外知らないはずだから。

鳥はこのたびは一晩きりで来なくなった。多分もっと標高の低い、風の弱い土地へ移動したのだろう。

あたたかく脚踏みかふる塒《ねぐら》なれ　　ゆう子

3

俳句教室

無量

那須で四、五日も雪に閉ざされていたことがある。一人で来ていたので車もなく、歩くには激しすぎる雪で、坂道だらけのこの辺りを歩く気にはならない。なにより寒い。

まとまった数の俳句を作るために来たのだから、それでも構わなかったが、谷底の宿なので、見えるのは窓下の小さな川と、向こう側の山肌の木々と、上の道へ上がって行く坂道。あとは天を仰いで、際限なく落ちてくる灰色の雪片を見るのみである。毎日毎日、雪片を見上げていた。けっこうおもしろい。飽きない。無数の雪はどれも似たり寄ったりなのに、大きさも形も一つとして同じものはなく、ずっと天の奥にあるときからもう見分けることが出来る。老眼だけれど、空の奥の雪はひとつひとつ見える。

大げさに言えば、太古から世界中に降った雪のどれひとつとして同じものはないのかもしれない。全く同じ人間がいないように。無数でなく、無量だと思った。無量という言葉がはっきりと私の中にある。

五歳の頃、母に連れられて、熊本の「ひぎんのじぞさん」に日参した一時期があった。年齢がわかるのは、十歳上の長兄の高校受験の合格祈願のためだったからである。お参りはつまらなかったが、健軍から市電に乗って、日中は忙しい母を独り占めできる、少し遠足気分の小さな旅であった。

それから半世紀以上の時が過ぎ、両親も兄もいなくなってから、ふとあれは何処だったのだろうと、探してみた。

しょっちゅう通っている水道町の交差点のすぐ裏の路地に、ひぎんのじぞさんはあった。「ひぎん」は日限《ひぎり》。正式には「日限の地蔵尊」。日にちを決めてお参りするという意味である。

記憶よりずっと小さな、それだけにいかにも願いを聞いてくださりそうな地蔵尊は、昔と同じに、線香の煙と蝋燭の灯りに囲まれて、その日も拝んでいる人の姿があった。手水のほとりに並べられている桶のすべてに書かれた「無量」の文字が胸にしみた。

降る雪の無量のひとつひとつ見ゆ　　ゆう子

俳句教室その一

熊本の母校はじめ、様々な小学校で俳句の授業をしてきた中で、いつまでも覚えて忘れない句は、決まって、と言っていいほど、クラスで最後に出来た句である。

先生できたできたと真っ先に駆け寄ってくる子供の句はもちろん素晴らしい。しかし最後まで出来ないと粘る子供は、話し言葉でもなく挨拶でもない言葉を、自分のどこから摑み出していいかわからず、そのことに思わぬ真剣さで向かい合っているともいえる。

Kちゃんは、ノートにひとことだけ「わからない」と書いて、その後をどうしようと思案していた。さてさて誘導尋問の出番だ。

何がわからない？　と聞くと、「さんすう」と小さな声。じゃあ「さんすうがわからない」って書くの。これで十文字。あと七文字ね。季語を入れよう。何がいいかな。

教室には私が持ってきたコスモスが、教卓を覆って溢れている。Kちゃんが小さな声で言う。「コスモス」。やった！　あと三文字。コスモスがどんな感じ？「きれい」。うーん、きれいもいいけど、もっとどんなふう？「ゆれる」。

出来た。「コスモスがゆれるさんすうがわからない」。でもこれ、「コスモスがゆれて」の方がいいね。「さんすうが」の「が」を取ると五七五になるよ。

　コスモスがゆれてさんすうわからない

　Kちゃんの顔がぱっと輝いた。

　この句は、後に熊本の童謡歌手沖吉けい子さんが、いくつかの子供の俳句とともに曲をつけてくれた。コンサートで歌うと、この句のところで客席が和やかにざわめくそうである。

　その曲には「犬のふんくさむらにあり春の風」という句も入っているが、初めは「春の風」が「ああくせえ」だった。そんな言葉が大好きな年頃の男の子。私をからかっているのだ。

　私は「だめ！　季語を入れなさい」と言って、「春の風」に換えさせた。担任の先生が、「正木さんの勝ちですね」と笑った。

　実紫わが詩も小さく円かなれ　　ゆう子

俳句教室その二

颯心君はその日少しご機嫌斜めだった。サルスベリで俳句を作りたかったのに、それが季語かどうかわからなかったし、もしかしたらサルスベリなんていう言葉を、変な名前とでも言って友達が笑ったのかもしれない。

小学校三年生でサルスベリを知っているなんて、すごいのに。知っているだけではなくて、彼はあの木が好きなのだ。

颯心君はもう机に俯いてしまって、「さあみんな出来たかな、まだの人は手を挙げて」と言っても、手も挙げない。近寄ってノートを覗くと、サルスベリと書いたところをぐしゃぐしゃと消してある。

「ああ、いいじゃない、サルスベリで作るのね。じゃあもう一回サルスベリって書こう」。かぶりを振るのに構わず何回も言うと、彼はやっとサルスベリとまた書いてくれた。

「あの木のどんなところが好き?」辛抱づよく何度か聞くと、彼は小さい声で「つるつる」と言う。「それならつるつるって書くのよ、ほら書いて」。

こうして「サルスベリつるつる」まで出来た。あと一歩。さらに私は彼から言葉を引き出そうとするが、ふと気づいた。彼は花ではなくて、きっとあのすべすべした幹の手触りが好きなのだ。それならばこれで十分ではないか。花なら夏の季語だが、季語がなくても全然かまわない。

そして妙案。「じゃあ、サルスベリつるつるを二回繰り返そうよ。そんなのじゃ嫌?」。彼はあまり気乗りしなさそうだったが、「ほら書いて。サルスベリツルツルサルスベリツルツル」と急かすと、そう書いてくれた。

サルスベリつるつるサルスベリつるつる　　馬上颯心

短冊に清書してみると、なかなかいい句ではないか。なにより百パーセント颯心君の心からの言葉であるところが、とてもいい。名前も素敵。もうえはやみ、と読むのだそうだ。

この日はむしろ黄金に色づいた銀杏が人気で、サルスベリは葉を落としていたが、花の咲いている夏に見たら、彼はもっとこの木が好きになるだろう。

竜がゐる梟もゐる君の中　　ゆう子

俳句教室その三

「まだ出来てない人、手を挙げて」と言ったとき、誰も手を挙げなかったし、「みんな短冊に清書したかな」と聞いたときも変わった様子の子はいなかったので、最後の発表に移り、一人一人短冊を読み上げていた。

そのとき初めて愛里さんが短冊を書いていないことに気がついた。もっと早く気づけば発表に間に合ったが、「じゃあ後で一緒に作ろうね」と、その場はそのまま進行して授業は終わった。

お掃除が始まった教室の隅っこに愛里さんを呼んで、さあ作ろう。

教室では最初に校庭へ出て、言葉のスケッチをする。空を見たら「空」と書き、青かったら「青い」と書く。それをたくさん書き溜める。ノートを覗くと、彼女は三つくらいの言葉を書いていて、どれにする？ と聞くと、「春の空」を指さした。春の空、どんなだった？ と聞くと黙っている。あまり話したくなさそう。

俳句には、春の空がどうだったか、で作る方法と、春の空が五音なら、あとの十二音で全く違うことを言う、という二種類の作り方がある。彼女は後の方法で作ればいいのだ。
「さっき、心の中を見てみようってやったでしょ。心に何が浮かんだ？」と聞くと、首を横に振る。「心の中を見てみよう」は、ある雨の日の授業のときに思いついた。外に出られず、花を抱えて教室に行ったが、材料が乏しくて、そうだ心の中がある、とやってみたのだ。これが可愛いかった。一分間目をつぶるのだが、クラス中の子が真剣な顔をして目をつぶるのがとても愛らしい。以後、ほとんど私の趣味で、晴れの日でもこの一分間を設ける。
愛里さんが黙っているので、「何も浮かばなかった？」と聞くと、頷いた。「じゃあ、そう書くのよ」。

春の空心に何もうかばない　　佐々木愛里

やや誘導尋問めく作り方とはいえ、なんていい句だろう。「大事にしてね。あなたの言葉よ」と言いながらハグすると、考え深そうな六年生の彼女はふんわりと温かく、まるで私が包まれているようだった。

春愁の果てよりこころ呼びもどす　　ゆう子

4

マル

まぐろ

そういう人、よくいるのよ。猫が好きとか言って、あら、猫ちゃん！と側に来たがる。でもワタシの片目が目やにでくっついてるのがわかると、さっと点検する視線になる。尻尾の毛が禿げてるのを見ると、撫でてくれようとした手を何気なく引っ込める。何かくれるのかなと思って来てみたけど、ワタシもまだまだ人を見る目がないわね。手提げからお魚の匂いがしてる。でもあなたはそこのコンビニからカリカリを買ってこようと思ってる。そのお魚上等だものね。野良猫にはもったいない。カリカリ買ってらっしゃい。ワタシ待っててあげてもいいけど、いなくなっちゃうかもしれない。でも気にしなくていいのよ。あなたみたいな人たくさん知ってる。蹴飛ばされるよりましよ。

彼女はそんな醒めた目をして、触れかねている私を通り過ぎた。「野良猫に触ると病気がうつるって世間では言ってるんでしょう。触ってくれない人、急に増えたのよね」。後ろ姿がまだ呟いている。

急いでカリカリを買って戻ると、探してももう猫はどこにもいない。

確かに私の手提げには鮪の中落が入っていて、それはたった今魚屋で削り取って包んでもらったものだ。鮪を持っていなかったら私の罪悪感は軽減されていたかもしれない。自分はお腹一杯だったにもかかわらず、夕食のための中落さえ私は惜しんだのだ。

帰ると、うちに来て三年になる雄猫のマルが、布団で柏餅のあんこのようになって眠っている。

寒い夜にガタガタ震えながら庭に彷徨い込んできた小さなこの子が、もしもさっきの猫のようだったら、もう飼わないと決めていた猫を、再び飼うことにしたかどうか。食べ物を与えただけで、戸を閉めたのではないか。

この中落で、夕食の締めはミニ鮪丼にしよう。ここの中落はとびきりなのだ。もったいないけど、ほんの一口ならマルに舐めさせてもいい。心のどこかで、さっきの野良猫の賢そうな目がじっと私を見ている。

野良猫がすこし寝てゆく雛祭　　ゆう子

マル

この世に猫を抱いて眠るほど気持のよいことはない。

それは他に気持よいことを知らないからだと言われればその通りかもしれないが、いやいや猫と寝るのが一番と思っている人は、人類の十五分の一ぐらいはいるはずだ。

わが家のマルは、私が寝るタイミングがわかっていて、寝室に行くと、枕元に正座して待っている。目が「さあ寝ましょう」と言っている。遊びたいときは「遊ぼうぜ」なのに。

これまで全部で六匹の猫を飼い、みんな長生きの末に看取ってきた。もうこれからでは死ぬまで飼ってやれる自信がないし、外泊が自由なことも捨てがたく、猫は飼わないと決めていた。小さかったこの猫をやむなく保護したときも、里親を探すつもりだった。それなのに。

とにかくよく怪我をした。血を流して来るのはしょっちゅう。両目が開かなくなって来たこともあるし、二、三日蹲《うずくま》って何も食べないことも一度や二度ではない。

用心深くて人に指一本触れさせず、治療してやることも出来ずに治るのを待つうち、里子に出すタイミングを逃し、あっという間に大きくなってしまった。

やんちゃでやんちゃで、出入り自由の頃は、月光仮面（古！）のようにマーケットの袋を首になびかせて木登りしていたり、うちにも庭があるのに、なぜかお隣のプランターで用を足したり、ムササビのように庭を飛んでいたり、あるときはスルメを丸ごと咥えて持ってきた。ドロボーである。

そういうわけで、とうとう外に出せなくなり、家猫の座を獲得した。

雄なので、大きい。大きくなりたての頃はバスケットボールみたいだったが、今は重さが加わってまるで土嚢。白地に黒ブチ入りの、ありあわせのような平凡柄だが、いつも背筋の毛がくっきりと分水嶺のように立っているのが特徴。

彼は布団に入ってきて私の腕枕に体勢を整えると、寝入る間際に小さなため息をつく。

よきものに猫のためいき雪催《もよい》　　ゆう子

公式

　ふと机の上を見回すと、きちんと真っ直ぐに置いてあるものがひとつもない。ただパソコンのモニターだけが、角度こそやや上を向いているものの、縦横しっかり正面向いて立っている。他は見事にすべて斜め。積み上げた本の上に、開いた本を跨がらせ、その上にプリントした紙をバランスを取りつつ乗せるが、三枚になるとずり落ちる。

　高校生までは几帳面な子供だった。あまりにノートが綺麗なので、母が勿体ながって保存していた。実家を整理していて見つけたとき、我ながら感心し、捨てるのは惜しいと持って帰ったが、どこかに行ってしまった。

　いつからこんな人間になったのだろう。世の中には、年を取るにつれ、几帳面になる人なんているものだろうか。エントロピーの法則というのがあるから、私が普通なのだと、反省するのを止める。

　ゆうべ豆腐の水切りをしていて、紙で包みお皿で挟むまではよかったが、見回しても適当な重しがなかったので、薬缶を乗せた。傾く。壁の角に置いて九十度の角度の二面で以て薬缶を支えてやる。どこか人間に近い薬缶の貌が情けなさそうで、笑ってしまった。私は斜めが嫌いではない。

それで思い出したことがある。

大学入試のとき、数学の問題で、解く鍵となる公式を思い出せなかった。大きな設問だったので、それが解けなければ点数がかなり低くなりそうである。

ここから先は自慢なのだが、私は自転車を使わず、歩くように、橋を渡らず、遠回りするように、全く別の原始的な方法で問題を解いた。

時間はかかったが、あまり慌てた記憶もない。新聞と照らし合わせると、正解だった。公式を使わなかったので、減点はされたかもしれないが、間違いではない。いま思えば、公式を使うより偉かったのではないかと思う。

真っ直ぐじゃなくて、くねくねが好き。きちんとした人間でなくなったのは、その頃からかもしれない。


「The Long and Winding Road」渋滞に時雨くる　　ゆう子

台所

一階に台所があり、二階に仕事机がある。寝室も二階なので、朝まだき、起きると先ず一階へ下り、お茶を入れて仕事机につく。これで階段を一往復。

放っておくと一日中机に向かってしまう。人間は一時間座るごとに、二十分寿命が短くなるとか。まさかと思うが、座りっぱなしでは肩も凝るので、一階に下りて洗濯機を回し、行き帰りに階段を拭いて、一往復。

こうしてすごす一日は、仕事と家事の他はすべて食に関わる事のためにだけ生きているようなものだ。

一階に下りては野菜を刻み、タイマーを掛けては上がり、鍋の様子を見に下り、味見しては上がり、甘酒を混ぜにまた下りる。

しかし今日は小豆を煮たくなってしまった。できれば一時間位は鍋にかまっていたい。小豆を取るか、机を取るか。

で、小豆を取り、今ほぼ二時間くらいが経って、無事に試食までして上がってきたところだ。豆は煮るときの匂いからしてご馳走である。

母はさらにこれを漉餡にしていた。小豆を潰し、布袋で漉し、ぎゅうぎゅう絞る。見守る私にここで必ず言う。「こっちが餡子じゃないとよ。お鍋に残ってる方が餡子。昔ある家のお嫁さんが、お鍋の方ば捨てなさったて」。ああ、可哀想に。私もお鍋の液体の方を捨てそう。どう見ても布袋の中身が餡子のよう。

漉餡作りはここからが大変。お鍋の中の液体を、七輪で気長に煮詰めてゆく。学校のことなどをゆっくり話すのはそんなときだった。

台所は季語の宝庫である。野菜はすべて季語。葱を刻んだり、菜っ葉を茹でたりすることが詩になるのは俳句ぐらいではあるまいか。

台所では時々小さな発見をする。最近のヒットは、これ。即ち、芽ひじきを戻すときは、戻し終わってから笊にあけること！

それまでは、乾いたままで笊に入れ、笊ごと水に浸していた。乾いた状態で笊の目に入り込んだひじきは、ふやけると膨らんで取れにくいこと甚だしい。

甘酒を醸すにかまけらいてう忌　　ゆう子

吸う

こんな句がある。

いくらでも水吸ふ墓に参りけり　岩田由美

つるつるした御影石ではない、昔の墓石だろう。石の肌理が水を吸う。吸ったそばから太陽が乾かしていく。また水をかける。蒸発する湯気が見えそうな句である。

顔を洗って、化粧水をつけていると、この句が浮かぶ。

もう、びちゃびちゃに付けても付けても足りない気がする。干し椎茸を戻しているような気分。たっぷり吸わせても、すぐに乾燥してしまう歳である。

吸う、といえば、こんなことがあった。

ショッピングモールのイートインでとろろ昆布うどんを注文したときのこと。いかにも今日からアルバイトを始めましたという女の子が、慣れない手つきで、とろろ昆布をトッピングしてくれる。ずいぶんたくさん載せている。

席についていざ食べようとすると、このうどん、殆どお汁が無い。あれっと思ったが、汁を入れ忘れるはずはない。そうだ、てんこ盛りのとろろ昆布が汁を全部吸ってしまったのだと気づくのに五秒ばかりかかった。昆布はうどんの上で不思議なお団子になっている。

おそらく彼女はとろろ昆布を知らなかったのだろう。若布と同じ要領で抓んで載せたのではないか。とろろ昆布はまたくっつき易いものでもある。彼女は箸遣いも下手で、少し抓むことができずに、エイッとばかりに塊のまま載せたのだ。

そんな載せ方をすれば、一日分のとろろ昆布は五杯分くらいで無くなったにちがいない。店長は、とろろ昆布の減り方の異変に、いつ気づいただろうか。

そういえば結婚したばかりのころ、夫は若布と昆布の違いがわからなかった。人のことは笑えない。

おまけに私も、高校の家庭科の授業で「へええ、ピーマンって中がこうなってるの」と言ったそうである。同窓会でそう言われて、われながら呆れた。私も人を笑えない。

正木ゆう子の厨玄米新若布　大木孝子

お好み焼

昭和二十七年、団塊の世代の少し後の生まれである。熊本市の東の端に位置する健軍のわが町には子供がたくさんいて、子供相手に冬はお好み焼を、夏はかき氷を食べさせる店があった。

そこのおばさんのお好み焼が、その後二度とお目にかからない味であり、見た目であり、作り方だった。手順はこうである。

小麦粉をさらさらに溶いた生地を、お玉一杯分くらい鉄板に垂らし、お玉の凸面で丸く薄く伸ばす。その中央にキャベツの千切りを載せる。キャベツの上にはお肉も魚介も卵も無し。ただ、生地をたらっと、少しだけ回し掛けておく。

ここで一度目の天地返し。きつね色に焼けた全円の薄い生地の下で、キャベツにかけた生地が繋ぎになって固まりながら、キャベツにも火が通るいい匂いがしてくる。それを見極めると、おばさんはもう一回ひっくり返す。

キャベツを纏めつつ自らもこんがりと焼けた裏生地の上に、さっとソースを塗り、魚粉をかける。

次に、お好み焼の真ん中にヘラを押し込んで筋をつけ、そこを折り目にして二つに折る。

きれいな半月の形になったお好み焼の表面に、ソースを今度はたっぷり塗り、ソースが濡れているうちに青のりを振りかける。縁はあくまで薄く、品良く中高の半月形のお好み焼。

出来あがったお好み焼は、ひょいとお皿に載せてもらってその場で食べることも出来たが、紙に包んでもらって外で食べることも出来た。子供のおやつだから、手で持てるくらいの小ぶりなものである。

ありありと作り方まで覚えているのだから、食べたければその通りに作ってみればいいのに、これがなぜか自分で作る気にはならない。多分どこかが違う。あれはきっと昭和三十年代の味だったのだ。

ソウルフードは他にも、つけあみがある。呉汁がある。おでんに入っていた真っ黒な鰯かまぼこもなつかしい。

原つぱも不敗の独楽も疾《と》うに無し　　ゆう子

5

最後の晩餐

最後の晩餐

人生最後のときに何を食べたいかという質問を、テレビで道行く人にしている。答える人に共通しているのは、人生の半ばならば豪華なご馳走が良くても、最後とわかればやはり炊きたてご飯が食べたいと言うところである。

ならばご飯のおかずは何がいいかと番組は続く。梅干は定番だが、梅干は炊きたてご飯よりは、お握りかお茶漬けの方が美味しいと私は思う。塩鮭。それもいいが、それでは魚の旨みが勝ち過ぎて、ご飯のご馳走感が薄れる気がする。たらこ。賛成だが、ご飯の前にお酒が飲みたくなる。塩辛。これもおつまみ。漬物。そうだ漬物がある。しかしこれはたくわん派、糠漬け派、白菜派に分裂。

私の答えは初めから決まっている。納豆である。最後の晩餐に限らず、納豆は万能。ご飯との相性はもちろん、パンにも日本酒にも合い、チーズと組み合わせるとワインにも合う。しかも納豆は、食べると何故か胸がさっぱりする。

一時、実家の母が老人性の鬱に陥って、全く食欲を無くしたときも、大活躍したのは納豆だった。

先ずは朝食に納豆ジュース。えええと驚く勿れ。これは飲んでみなければわからない美味しさである。

ミキサーに入れるのは、先ずバナナ。これは必須。バナナは栄養豊富なだけでなく、納豆の匂いを消してしまう強者なのだ。バナナがあれば、納豆を一パック入れてもわからない。あとは、牛乳かヨーグルト。おまけに抹茶。レモンを入れればますます爽やか。

そして夕食にも納豆。納豆に合わせたのは桜肉。母を心配した母の俳句仲間が、生のお肉は精がつくからと、上等のものを度々届けて下さった。馬肉とはさすが熊本。食欲の無いときは、ニンニクの効いたピリ辛味なら食べられるかもしれないと教えられ、味付けは韓国風。試してみたら、ふだん野菜しか食べない母がこれを喜んで食べた。

最後の晩餐どころか、この二つの食べ物で息を吹き返した母は、その後十年、九十五歳まで長生きした。

青萩や日々あたらしき母の老い　　ゆう子

納豆

わが家には納豆専用の鉢がある。縁が内側に丸まっていて混ぜやすく、よく泡立ち、がしがしと百回混ぜても縁から豆が零れない。五人分くらいは軽く入る大きさで、立派な取っ手が、しっかり握れとばかりにドンと突き出ている。

色は緑がかった渋い釉薬に、青鋳《あおひび》と呼ばれる貫入の鋳が地模様となり、外側に一頭の走る馬が描かれている。大堀相馬焼といい、福島県双葉郡浪江町の産。

これをプレゼントしてくれたのは、南相馬の小高小学校の先生をしていたKさんである。原発事故からの長い避難生活に終止符を打って、昨年（二〇一七年）小高の家に帰られた。彼女は避難するときもこの器を持って行き、帰るときにも真っ先に持って帰ったそうだ。

帰還した家に初めて泊めてもらったときお土産にいただいたのは、震災の後に作られたもので、長い休業の後やっと再開した窯で買ってきたのだという。

ただしその窯は浪江町に戻ったわけではなく、昨年の一部避難指示解除の日を待ちきれず、近隣の二本松に新しい窯を設けての再開らしい。

大堀相馬焼協同組合のサイトを開くと、窯の中で焼き上がった器に鋳模様が入るときの音を聞くことができる。ピンピンピンピンという微かな美しい音。

その音があまりにもあえかで、まるで精霊のつぶやきのようだったせいか、私の耳は、七年のあいだ人と離れ離れになっていた草木の傍らにとんで行き、彼ら小さなものたちのつぶやきを聞いているような気持になる。

一時的にせよ、故郷から人が離れなければならないということが、人にとっても自然にとっても、どれほどの悲しみと苦労を伴うかは想像に余りある。

あるとき熊本で江津湖畔に立ち、長閑な風景を眺めていて、ここからすべての人が出て行かなければならないなんて、あり得ない、信じられないと思った。

誰もが、自分に当て嵌めれば有り得ないと思うような月日を、Kさんたちは実際に経験したのである。

駆くるべき野をまなうらに春の馬　　ゆう子

疾走犬

東日本大震災と原発事故の後、初めて福島へ行ったのは二〇一一年の十二月だった。二本松で高速を下り、川俣を過ぎて山間部へ入ると、その頃はまだ立ち入り出来ない地域も多く、人気の無い光景が続いていた。しかしそこを抜けて南相馬に抜けると、人も居て、車も走り、営業している店もある。原発事故のときの風向きのせいで、真北にあたる南相馬は放射能汚染を比較的免れたという。

しかしさらに海岸方面へ車を走らせると、突然景色が一変した。赤い消防車が道路脇にひっくり返っているのを皮切りに、そこから先は、津波が何もかも流し去った荒地が海まで続いている。海水が引き切らず、あちこちうっすらと水漬《みづ》いているのがよけいに荒涼としている。

どこも田畑の跡のように見えるが、車を降りてみれば、地面にはコンクリートの基礎が残り、突き出た鉄筋が一方向にねじ切れている。タイルは風呂場の名残だろう。道路に添ったガードレールは捩れ、電柱は折れている。

海辺には何本かの松の木が残っていた。公共の施設か、頑丈な建物のいくつかは流されずに、しかし窓はすべてぶち抜けたままに、海風に吹き晒されている。

その津波跡の荒野の端に車を止め、言葉を無くして眺めていると、原発へと続く海岸の方から一頭の大型犬が疾走してきた。

脇目も振らず、まっしぐらに荒野を突っ切ってゆく。ますます言葉を無くして見守っていると、広大な荒野を、犬は一度もスピードを緩めることなく、全力疾走のまま走り続け、何処へか消えていった。

はぐれ犬だろう。確かに立入り禁止区域の方向から来た。避難した家族がやむなく置き去りにしたのか。鎖を切って走り出したか。何に追われて、何を探して、どこへ行こうとしていたのか。まるで頭の中の嵐に追い立てられているような、狂おしい疾走だった。

犬は何かの象徴のように今も私の眼裏を走り続け、どこへも辿り着かない。

真《ま》炎《えん》天《てん》原子炉に火も苦しむか　　ゆう子

寒の水

小学校の先生だったKさんは、私と一緒に俳句教室をするうちに自分も作るようになり、退職すると本格的に地域の俳句の会に入った。そして、「いいことがあったのよ、句会で初めての一等賞」と教えてくれたのが次の句。

震災の記憶汲み置く寒の水　　金谷清子

東日本大震災の時、南相馬の彼女の家には、寒の水を満たしたポリタンクがあったそうだ。寒の内に汲み置いた水は、一年も保つということを、彼女は阪神大震災の体験談から知り、以来毎年実行していた。それが役に立って、大震災で断水した時もご飯を炊くことが出来たという。

句自体もいいが、この句にはメッセージ性があるのもいいわね、と私は言った。だってこの句を紹介すれば、何人かの人がやがて来る災害のときに命拾いをするかもしれない。単に知識であるより、俳句にすれば伝わり方が優しく早い。

南相馬はもともと文学や芸術の香り高い土地柄である。私が合同で俳句教室をする小高小学校・福浦小学校・金房小学校・鳩原小学校の校歌はすべて、俳人豊田君仙子の作詞、作曲は天野秀延の組み合わせだが、どの校歌も校歌とは思えない（?）くらい素晴らしい。

ふだんから合同で授業をしている四校は、校歌を歌うときも全員でメドレーで歌う。それが四曲とも全く似ていない個性的な曲想なのだ。そのことも素晴らしい。作ったお二人は、四つの校歌が同時に歌われることがあるなど、想像もしなかっただろうに。

昨年は、仙台から浪江まで常磐線が再開し、初めて電車で小高入りをした。それに伴って、いろいろな施設が再開していて、「埴谷島尾記念文学資料館」に案内してもらった。

埴谷雄高と島尾敏雄は、ともに小高区の出身である。二人とも定住したわけではないが、終生小高に本籍があったという。島尾は両親とも小高の出であり、埴谷の本名般若は、相馬氏の家臣の姓だそうだ。

春風に相馬の馬として佇立　　ゆう子

6 不思議な音

ほほえみ

バス停にバスが止まっていたわずかな間のことである。前方からゆっくりと歩いてくる女性が、歩道側の座席にいる私から見えた。

三十歳前後の落着いた感じ。やや背が高い。セミロングの髪が柔らかく揺れていたのは、春風の頃だったのだろう。薄いブラウス一枚くらいの服装で、バスには乗らず、遠眼差をまっすぐ前へ向けたまま通り過ぎてゆく。その間ほんの数十秒。彼女は歩き去り、バスは発車した。

彼女は微笑んでいた。少し顎を上げ気味に、朝日を受けて眩しそうに目を細め、誰もいない空間へ微笑みかけていた。なぜ人混みの中でその人だけが見えたのか。私はその微笑みに引き込まれて、目が離せなかった。顔は全く覚えていないのに、ちょうど猫が消えても笑いだけが残るチェシャ猫のように、微笑の印象だけが残った。

微笑み・微笑のような綺麗過ぎる言葉はあまり俳句に馴染まないが、これまでに二度使ったことがある。

薄氷《うすらい》のところどころの微笑かな　　ゆう子

この微笑は比喩。幾度となく通った奥日光の白根山登山口近くにある菅沼で、ところどころ氷が光に滲むように溶けているのを、何年もかけて何度も見るうちに、微笑という言葉がほろっと出て来た。本当は写生の句を作りたかったのに、見ることが過ぎると、かえって虚実が虚へ傾くことがある。

ともかくも先づ微笑んで今朝の春　　ゆう子

もう一句。これはバス停でのあの微笑みをお手本のように思い出して作った句。あれ以来、心が沈むときこそ、せめて口角を上げていようと思う。表情を明るくすると、たとえ気持が暗くとも、脳が勘違いをして、前向きな気分になるのだそうだ。それにしても、バス停で見かけただけの微笑みを、こんなに長く忘れないなんて、おかしなことである。やはりあの人は春の女神佐保姫で、「微笑んでいなさい」と教えにきたのかもしれない。そういうことにしておきたい。

虹を呼ぶ念力ぐらゐ身につけし　　ゆう子

不思議な音

　きのう菅沼のことを書いたら、菅沼よりは標高が低いが、やはり奥日光にある湯ノ湖での出来事を思い出した。

　雪解けの頃のこと。湖のぐるりを一周していたら、湖尻の方へ近づくにつれ、幽かな音が聞こえてくる。天から降ってくるような透明な音。

　なんだろうなんだろうと天を仰ぎながら、私もとうとうこの世のものとも思われない音を聞くようになったかと、人気もないし、恐怖心さえ湧いてくる。

　音は幽かなままに、しだいにはっきりと聞こえてくる。シャラシャラシャラ、シャラシャラシャラ。鈴、それとも貝風鈴。しかしそんなものがあるわけがない。

　道が山道から水辺へ出ると、音は天からではなく、湖から聞こえてくることが分かった。だんだん近づく。

　いよいよ現場と思しい地点へ着くと、そこは湖中の薄氷が吹き寄せられたかと思うような、銀《しろがね》の剥片のひしめく吹き溜まり。音は無数の薄氷が風に吹かれ、触れ合っている音だった。

初め天から降ってくるように聞こえたのは、まわりの山に反射してのことだっただろうか。これとよく似た音を、インドで聞いたことがある。

場所はインド北部ラージギルの霊鷲山《りょうじゅせん》。山頂のお寺に滞在していて、ある夕べ、見よう見まねで勤行をしている最中に聞いた。シャラシャラシャラシャラという、たくさんの鈴を鳴らすような美しい音を、はっきりと。

それが幻の音であったことは、そのとき一緒にいた他の人には聞こえていなかったことから分かる。しかも私の耳にその音が届いていた間、他の人には鈴の音ばかりか、私の声も叩いていた太鼓の音も、聞こえなくなっていたという。

そのことを書くと、ある方から、自分も不思議な体験の中で、同じような音を聞いたことがあると手紙が来た。くわしく聞きたいと思っているうちにその方は亡くなってしまったが、やはりたくさんの鈴が一斉に鳴るような音だったそうだ。

うすらひのふれあふおととわかるまで　　ゆう子

ヤドカリ

前回、音のことを書いたせいか、ゆうべは夢うつつに、ヤドカリが転がるカラカラカラという音が耳に甦り、それを聞いた海辺に心が遊んで、眠れなかった。西表島のイダの浜で聞いた、たくさんのヤドカリが岩から転げ落ちる音である。これも初め、何の音かわからなかった。

岩場を歩く先々で、カラカラカラカラと音がする。私が動くたびにカラカラカラカラ。それがヤドカリが人の足音に反応して手足を引っ込め、殻に閉じこもるために岩から転げ落ちる音だとわかったときの驚きと罪悪感。

こんなに反応されては、ヤドカリに悪くて歩けない。彼らは全員また一から大きな岩を登り直さなくてはならない。大きさからすれば、人が何メートルの山を登るのに匹敵するだろうか。ただ一匹が落ちるのではない。人の一歩で、おそらく何十何百という数が落ちるのだ。

イダの浜はヤドカリが多い。西表であれば、他の浜でも多いに違いないが、イダの浜では特に寝そべることが多かったので、よく見えたのかもしれない。

砂浜すれすれに目を置くと、目の前を、それはそれはたくさんのヤドカリが行き交う。色とりどり。緑や黄色やピンクなどまでいる。大きいの小さいの。小さいのは小豆くらいのものから歩いている。

それが岩場ではもっと多いのである。日光浴をしていたのだろうか。そのすべてが例外なく岩から落ちる。

歩けないと思ったが、私はすぐに歩きはじめた。ヤドカリたちはたぶん時間がたっぷりある。また岩を登ることなど、そんなに気にしないのではないか。

浜が林になるあたりに、赤ショウビンの食事場という石があった。ヒョロロロロと美しい声で鳴くその鳥は、ヤドカリを食べるらしい。殻を割るために、自分で決めた専用の石に打ち付けるのである。辺りには殻がたくさん散らばっている。

ヤドカリは、鳥に補食されるのを怖れて、音や影や震動に警戒を怠らないのかもしれなかった。

しみじみと見る寄居虫の密閉度　　ゆう子

モッコ

　モッコと聞いて、わかる人は、刺されたことのある人だろう。糠蚊《ぬかか》である。私は西表で盛大に刺された。

　最初に刺されたのは星立の浜。夕食後、うりずん季の生暖かい夜の浜に出たのがいけなかった。小さな川の注ぎ口のあたりを通りかかったときに、顔のあたりにもやもやとしたものがたかってきた。モッコなど存在も知らなかったが、ただ気持ち悪くて逃げ出した。

　部屋に帰って頭のてっぺんからシャワーで洗い流せば、まだマシだったのかもしれない。知らないものだからそのまま寝てしまった。

　朝起きると首の周り中が痒い。無数に刺され、水疱ができ、見るも無惨。しかしだからといって、日程はまだ残っている。やっとこさ出掛けてきた西表である。

　翌日も、こんどは昼の日中に星砂海岸で刺された。夕方宿に着くと、顔見知りの女将さんが、私を見るなり「モッコにやられましたね」と言う。ここで敵の名前を知る。

　海に川が注ぐような場所で、モクマオウの木のあるところが危ないとも教わったが、もう遅い。すでに思い切り刺されてしまった後である。

丁寧なことに、私はその翌日も襲撃に遭った。首にタオルを巻き、パーカーのフードの上にさらに帽子を被り、銀行強盗のように完全武装していたのに。どうしても行きたかった南風見田《はえみだ》の浜にモッコはいた。

逃げ出し、虫を払いに払い、なお走りながら、携帯でタクシー会社に助けを求める。待つ間もモッコの大群が追いかけてこないかと気が気ではない。あのときの南風見田の巨大な壁めいた山容の恐ろしかったこと。ここはお前の来るところではない。山々は大音声でそう言った。

はるか彼方からタクシーがやってきたときの安堵。「こんな所、地元の人は来ません。何があったっておかしくない所です」と（これを沖縄弁で）運転手に叱られながら、はいごめんなさい。もう来ません、と西表の神々に謝った。刺された跡と痒みは一年半消えなかった。

山容の峻拒にひるむ夏野かな　　ゆう子

7

梅の花

石牟礼道子さん

数編でも早めに書いてみようと、この連載の一回目を書いたのは一月末だった。弦書房の出版案内を見て思いついた内容だったが、そのとき出版リストから一冊の本を注文した。

『ここすぎて水の径』石牟礼道子随筆集。主な著書は人並みに読んでいたものの、随筆には読んでいないものがある。

石牟礼さんの文章を読むのは久しぶりだった。水俣のことだけでなく、随筆には江津湖のことも、こんなに書いておられたのだと知る。

あらためて読むと、水俣のことを書きながら、石牟礼さんは世の中が現在の原発事故のような事態に繋がってゆく先行きをこそ憂えて書いておられたことが、今は誰にもわかる。

読み直そうと、さらに家にない何冊かを注文し、届いたのが二月九日。石牟礼さんがいなくなったら、日本は寂しくなるねと家人と話した。

その翌日の訃報。友人は、これからは石牟礼道子のいない世の中で生きていくのねと電話口で泣いていた。そんな人は多いに違いない。

熊本出身のご縁で、私は何度かお会いしたことがある。しかしどう考えても畏れ多く、私などが近づいてよい方ではないと、しだいに伺うこともなくなった。読めば学べる、と。

いくつかのお顔を思い出す。あれほど深く厳しいものを書きながら、もう一方の特徴である柔らかさだけが、お顔にはあった。言葉が相応しくないかもしれないが、お話しになり方が、童女のように可憐だった。

芸術選奨をご一緒に受けさせていただいた初対面のとき、前夜ホテルの部屋にご挨拶にうかがうと、先ず何も言わずに、人差し指でご自分の頬をつんつんと触れて首をかしげ、にっこりされた。私がたった今エステを受けてきたことを知っておられて、「受けてきたのね」という意味だった。

尊敬する方のあまりにも愛らしい仕草に私は度肝を抜かれ、ただ慌てふためいてお辞儀をして帰ってきた気がする。

石牟礼さんは十二分に書いたものを残された。私たちはこれから何度でも読み、読み返そう。

本を読む手首に脈の見えて秋　　ゆう子

麦畑

石牟礼道子さんの話し方が童女のようだったと前項に書いた。それは幾度かお会いした中でも、或る夜の、或る表情の印象である。

渡辺京二さんを中心に開かれていた「人間学研究会」に出席した或る日。読書会も済んで談笑していたとき、石牟礼さんは「大雨の中を電信柱が立ったまま川を流れたそうだ」という話をされていた。

石牟礼さんご自身がそれを見たのではなく、見た人から聞いた話である。話の内容もただごとではないけれども、私が目を奪われたのは、そのときの石牟礼さんの声、表情、手、オーラだった。

『花びら供養』によると、立ったまま流れる電信柱を実際に見たのは、石牟礼作品によく登場する水俣の杉本栄子さんだったようだ。水俣に大雨が降ったのは私の日記によると、二〇〇三年の七月二十日。その翌日にたまたま水俣に行ったので記録していた。石牟礼さんのお話を聞いたのは多分八月二十九日。

石牟礼さんが「電信柱が立ったまま流れた」と言われると、私にも立ったまま流される電信柱がはっきりと見えた。小さい子供が、自分の見たことを伝えたくて、息をする間も惜しんで言葉を繰り出すような、息せき切るというようなお話の仕方であった。

持病がおありのせいで、肺活量が足りないというような事情があったのかもしれないが、文章からイメージする石牟礼さんとは少し違う、こんな言葉を使うのはほんとうに変だが、痛々しいような、童女のような、何かがカバーされないでむき出しになっていて、人の心を動かさないではいられないような表情と姿であった。

迫力があるばかりでなく、災害の惨状を語りながら、可憐でさえあったのが、今思い出してもとても不思議である。生身であれば、あのように全身で表現されることを、石牟礼さんは文章に翻訳して書いておられたのだろう。

子供のころ、春になると、飯田山の見える麦畑や蓮華畑で遊んだ。江津湖から流れ出る加勢川に、土の橋が架かっていた。石牟礼さんはその近くの施設に亡くなるまでおられたと聞く。なつかしい場所である。

濁流を昨日にからすうりのはな　　ゆう子

梅の花

二月二十日、俳人金子兜太さんが亡くなった。享年九十八歳。

最後にゆっくりお話しできたのは、一昨年の何月だったか。俳句雑誌の座談会の後のレストラン。

兜太さんはステーキを召し上がった。でも家で食べるのより硬いとおっしゃって、きれいに残したから食べてと言われ、兜太さんに肖《あやか》ろうと、私が切り分け、皆で一口づつ戴いた。

そしておっしゃるには、「正木さんとはとうとう何もなかったなあ」。そのときすでに確か九十六歳である。なんて楽しい冗談を言われるのだろうと嬉しくなって、「残念でしたね」と応じると、付き添いの息子さんが「いやいや気をつけてくださいよ。この親父さんはまだまだ危ないですよ」と笑いを上塗りされて…。ほんとに兜太さんは不死身かと思ったものだ。

亡くなる数日前に、兜太死すの誤報が流れ、もちろん誤報はあってはならないけれども、あの時みんなが兜太の死を意識したと思う。

二月には十日に石牟礼道子さんが亡くなっていたので、ああ石牟礼さんも兜太さんもいなくなったら、日本の重石が無くなるのだと覚悟した。

お二人とも、十分過ぎるほど世の中に尽くされて、これ以上居てくださいとは言えない。残されたものだけでどうにかしなければ。

悲しむまいと思っていたが、ある夕べ、雨戸を閉めようとしてガラス越しに庭を見ると、咲き始めの梅の木に、一輪だけ、完璧に美しくぱっちりと開いている花が私の手を止めた。暮れがての、うすうすと明るさの残る空が、昼間とはちがった紺を湛え、空気が青い。

梅咲いて庭中に青鮫が来ている　　金子兜太

ああ、これなのだ。青鮫が来ている。庭中を青鮫が泳いでいる。喪失感の中で、わかった、これでよしと思った。遺された俳句をわかる。感覚的に実質を作者と共有する。そういうとき、人は死者と同じものを見ている。味わったことのない感覚だった。

みんなみんな蛍になって見送るよ　　ゆう子

車谷長吉さん

Eテレで「NHK俳句」を担当していたとき、嬉しかったのは、会いたい方を番組にゲストとしてお呼びできることであった。

いっとう最初に打診したのは詩人の高橋順子さん。順子さんとは、仕事で一週間のモスクワ旅行をご一緒したことがあったので、心安立てに「順子さんのご都合がつかなければ、ご主人はいかがでしょう」と戯れを書いた。そうしたら、承諾のお返事に、車谷も出ると言っております、と書いてある。嬉しい。車谷さんとも会うことができる。

先に出ていただいた順子さんの番組中のおのろけが素敵だった。お二人は毎週夫婦だけで句会をするのだけれども、相手の句に丸と三角とバツを付けることになっていて、「これは丸に近い三角だから、お結びだね、って言ったりするんです」とおっしゃって、私は本番中なのに、噴き出してしまった。

車谷さんに出ていただいたときは、ご夫婦でお遍路をされた後で、十キロも痩せたと、日焼した精悍なお顔であった。刃を突きつけるような文章からは遠い、穏やかな雰囲気が意外なほどである。

その後、三人であらためてお会いしたとき、私は畏れ多くも、小説の印象を口にした。

「車谷さんのお書きになる濡れ場は、とても清浄ですね。清らかというより、清浄。車谷さんの小説の特徴だと思います」と申し上げると、車谷さんは、「そんなふうに言われるのは嬉しいね」と順子さんの方へ微笑まれて、私に向き直り、「僕はそういう場面を書くときには、身を潔斎するんです」と言われた。清々しい、少年のような表情だった。

その言葉が印象深く、昨年、順子さんの著書『夫、車谷長吉』が出版されたとき、友人に話すと、「正木さん、それ書いておいて」と言うので、ここに書いておく次第である。

お二人と親しい方によると、車谷さんは常々「人生に必要なのは高橋順子」と言っておられたとか。

『夫、車谷長吉』には、車谷さんが乗り移ったような凄みがあった。つくづく希有なご夫婦だと思う。

明日知らず雌鹿雄鹿として眠る　　ゆう子

一冊の句集

『秋風が…』という句集がある。作者は田島風亜、福岡の人。何句か書き写してみよう。

鮎を焼く月若く火も若くして

月が若いとは、昇ったばかりという意味だろうか。月齢が若いと解釈することもできる。月も火も若いとは、なんと初々しい感覚だろう。

泣くにまだ早き河原や二月尽

二月といっても今はまだ風が冷たくて、泣くということに専念できないということか。普通の文脈に見えながら、ニュアンスは複雑。

白梅の香や白梅を去りしとき

自分に纏わっていた梅の香が、去ろうとするときにふっと香り立ったのか。恋の別れの比喩とも読める。

恋も夢もなき満開の躑躅なる

恋人もいない。夢もない。だからどうした、と自分に言っているよう。陽光の中の満開の躑躅は、厄介な程の明るさだ。

愛されてゐるさ空蝉そこかしこ

わざと軽く言ってみた、という感じか。自在で軽快。

ブロッコリー北海道より転がり来

トラックに乗って来たのではなくて、転がって来たとは。作者はユーモアの人でもあったようだ。

貧乏の意地もゆるびぬ日向ぼこ

筆名の風亜は、英語のプア（貧しい）から付けたという。清貧という言葉を思う。

秋風が芯まで染みた帰ろうか

書名となった句。誰かに語りかけた言葉がそのまま俳句になったよう。恋人か妻か。語りかけている相手と同じ場所へ帰るというニュアンスである。

しかし独り言とも取れる。作者は二〇一一年十二月、句集の出来上がりを待たず、五十五歳で亡くなった。それを知ると、この世ならぬところへ、という解釈も浮かぶ。それならそれで、なんと安らかな句だろう。こんなふうに一日を、一生を終わることができたらいい。

郵便はがき

101-0021

お手数ですが切手をお貼りください

千代田区外神田二丁目十八―六

春秋社

愛読者カード係

＊お送りいただいた個人情報は、書籍の発送および小社のマーケティングに利用させていただきます。

(フリガナ) お名前	(男・女)	歳	ご職業
ご住所 〒			
E-mail		電話	

※**新規注文書** ↓(本を新たに注文する場合のみご記入下さい。)

ご注文方法 □**書店で受け取り**		□**直送(代金先払い)** 担当よりご連絡いたします	
書店名	地区	書名	
取次	この欄は小社で記入します		

創業100周年 春秋社

ご購読ありがとうございます。このカードは、小社の今後の出版企画および読者の皆様とのご連絡に役立てたいと思いますので、ご記入の上お送り下さい。

本のタイトル〉※必ずご記入下さい

●お買い上げ書店名(　　　地区　　　　　書店　)

本書に関するご感想、小社刊行物についてのご意見

※上記感想をホームページなどでご紹介させていただく場合があります。(諾・否)

購読新聞	●本書を何でお知りになりましたか	●お買い求めになった動機
. 朝日	1. 書店で見て	1. 著者のファン
. 読売	2. 新聞の広告で (1)朝日 (2)読売 (3)日経 (4)その他	2. テーマにひかれて
. 日経	3. 書評で (　　　紙・誌)	3. 装丁が良い
. 毎日	4. 人にすすめられて	4. 帯の文章を読んで
. その他 (　　　)	5. その他	5. その他 (　　　)

内容	●定価	●装丁
満足 □普通 □不満足	□安い □普通 □高い	□良い □普通 □悪い

最近読んで面白かった本　(著者)　　　(出版社)

名)

春秋社 電話 03-3255-9611 FAX 03-3253-1384 振替 00180-6-24861
E-mail:aidokusha@shunjusha.co.jp

8

地磁気逆転

地磁気逆転

ある新聞文芸欄の一席にこんな句を選んだ。

炉語りは磁場逆転に及びけり　　望月清彦

囲炉裏でも暖炉でもストーブでもいい。炎に暖まりながらの語らいに、磁場逆転の話が出た、という句。壮大な地球の営みが、生の火を取り合わせたことで、身近なものに感じられる。

磁気（磁場）逆転という言葉は聞きかじっていたが、選評はそれなりに調べて書かなくてはと、早速検索。

要約すると、こうだ。地球は大きな磁石である。磁石にはS極とN極がある。地球の場合その極が百万年に三回くらい逆転するのだそうで、それを地磁気逆転という。

大変だ。そんなこと聞いてなかった。まあかなり偶にしか起こらないので、今の人類にはあまり関係がないかもしれないが、一番最近の逆転が七十七万年前だったと聞いて、エッと思う。だいぶ前だ。もうそろそろ起こってもいい頃ではないのか、もう起こり始めているのか、この頃の天変地異はそのせいか、と素人はおののく。

昨秋話題になった千葉県市原市のチバニアンは、七十七万年前に逆転が起こったときの地層が露出している世界的にも珍しい場所なのだそうだ。地磁気の逆転は、地層に含まれる岩石が、今とは逆向きに磁化されているので、そうとわかるという。

地磁気がなぜ入れ替わるのかは不明らしいが、地球の中身はほとんどがどろどろの鉄なので、自転しながら公転するうちに、ふにゃふにゃというか、どよんどよんと振り回されて、しだいに様子が変化するかもしれないとは、素人でも思う。

小学生の時、地図帳が配られて、初めて日本列島をしみじみと見た日のことを忘れない。平野は緑、高い山は茶色、海は青。しかし日本列島に添って落ち込んでいる濃紺の日本海溝をみたとき、複雑な気持になった。ここは危ない。崖っぷちではないか。落っこちそう。どうして先生は平気なのだろう。

しかし私も鞄に地図帳を仕舞うと、東日本大震災までそのことを、即ち大地が永劫盤石とはいえないことを、忘れた。

水の地球すこしはなれて春の月　　ゆう子

飛行機から

熊本と羽田を行ったり来たりするたびに、窓際に座って眼下の地形を見る。もう半世紀近くもそうしているのに、飽きないで今だに必ず窓際を予約するのは、何百回飛ぼうと必ず何か発見があるからである。

中央アルプス辺りの何処だったか、いくつかの嶺が囲む大きな窪みに、ひたひたと雲が湛えられ、その真っ白なものが、円形の縁の一か所を乗り越えて滔々と流れ落ちていた絶景。

日本列島の中でも最も山がちのその辺りは、紅葉の時期には遥か上空からでも赤っぽく染まっているのがわかる。やがて地図の通りに、木曽山脈や伊那谷が見えると、地理を習う子供たちすべてを飛行機に乗せてやりたいと思う。

空からだと、中央構造線に添っているらしい土地の隆起など、それこそはっきりと、地図を見るより明らかに筋として見える。飛ぶコースはそのときによるし、天候の都合もあるので、何度も飛びながら、頭の中で線を繋いでいく。

渥美半島から紀伊半島をよこぎり、さらに淡路島を経て四国へと繋がる筋は、吉野川添いに石鎚山を辿り、愛媛の西へと伸びて佐田岬となる。

長い指が真っ直ぐに伸びて九州を指差しているようなこの岬はほれぼれと美しく、窓に張り付き首を捻って見下ろす。あの岬のぐるりを取り巻く渚はどんな様子だろう。思いがつのり、あるとき陸路で行ってみた。

実際の岬は、バスから見る限り、自然のままの渚は多くないように思われた。それどころか原発さえあって私はバスを降り損ね、半島を素通りして大分行きの船に乗ってしまった。丁寧に海岸線を辿れば、また違う表情を見せてもらえたのだろうか。

佐田岬の指先が尽きて海になると、すぐに今度は九州から佐賀関半島の指が伸びている。

お互いは指差し合っているように見え、まるで映画『E.T.』で、E.T.と子供の指が触れ合うシーンのようだ。この二つの半島は、渡り鳥の通り道である。

四国上空雲をゆたかに空海忌　　ゆう子

鯰

飛行機で九州へ入ると、毎回必ずこの目で見たいのは阿蘇である。

阿蘇はまるで熊本の頭のようだ。外輪山は頭蓋骨。中岳は脳。外輪山が一か所だけ切れている立野は首である。

そこから流れ出ている白川は脊椎。あるいは心臓と脳を繋ぐ大動脈だろうか。阿蘇という頭があり、立野という首があって、熊本平野という豊かな肉体が成り立っているように見える。

立野の火口瀬は、阿蘇の神さまが蹴破ってカルデラ湖の水を流したという神話の谷だ。

蹴破ったとき、一匹の大鯰がひっかかって流れをせき止めたので、神様はその鯰を退治した。鯰は流れ出て、流れ着いたところを鯰という。鯰は切ると桶六つにもなったので、近くには六嘉（六荷）という地名もある。

嘉島にあるこの二つの村落は、私の実家に近く、子供のころから神話とともに親しんでいた。

熊本でもかなりローカルなその地名を、熊本地震のときに全国ニュースで久々に聞いて、初めてはっとした。鯰といえば地震…。

もしかして、鯰は地震の比喩だったのでは。それならば、健磐龍命《たけいわたつのみこと》が蹴破ったというのも、地震のことなのでは。大地震でカルデラ湖が決壊したのだ、きっと。どうしてこれまで鯰を地震と関連づけて考えなかったのだろう。ただの変わった地名としか思っていなかった。地名は地震への警戒を子孫に伝えるために付けられたのだろうか。

熊本で地震が起こるとは思っていなかったと誰もが言う。私もそうだった。阿蘇という大火山があるのに。人は産土を安全だと思い込むように出来ているのか。不思議なことである。

阿蘇を頭とする熊本という土地は、巨大な竜に喩えることもできるだろう。飛行機から見下ろす白川は蛇行していてまさに竜。それならば、竜の伝説にある喉もとの逆鱗も、立野の谷のどこかにあるのだろうか。

山脈の一か所蹴って夏の川　　ゆう子

木山の殿さま

健軍に住んでいた頃は、熊本の繁華街へ出ると、帰りは市電の健軍町行きに乗るか、バスの場合は木山行きに乗っていた。だから、バスのおでこに書かれた「木山」は、わが家へ帰る目印となるとても懐かしい地名である。

天草を訪ねたときのこと、その木山の殿さまの子孫という方を紹介された。歴史に疎い私は、木山は地名だと思っていたのだが、豪族の名前であった。しかも天草におられるのが意外である。

十六世紀半ば、今の健軍の少し阿蘇寄りにあった木山城は、先ず島津氏によって落城。天草へ追われた木山弾正は、さらに天正の天草合戦で、豊臣秀吉の命を帯びた加藤清正によって命を奪われたのだという。

熊本の偉人の代表のように教えられて育った加藤清正が、私の産土の殿さまを滅ぼしたとは知らなかった。

歴史とはじつに強い側のものである。その陰には押さえ込まれた側の歴史がある。天下統一という言葉は歴史上の偉業のように言われるけれども、そもそも統一って何なのかと、私は秀吉より木山氏の肩を持ちたくなる。

木山氏のご子孫は、現在天草陶石を産する工場を経営されていて、見学させていただいた。

その中に、蛸壺を作る作業場があった。今の蛸壺は殆どがプラスチックのアパートのようなものらしいが、ここの蛸壺は本物の焼物である。私が蛸だったら入りたいと思うようなその壺は、土の色が自然で、曲線も芸術的で、とても居心地が良さそうだ。芭蕉が「蛸壺やはかなき夢を夏の月」と詠んだ蛸壺はこれでなければ。プラスチックでは夢など見られない。

屋外に、焼き上がった蛸壺が整然と積み上げてあった。二万個もあると説明された蛸壺の山は、秋の日に映えて、壮観である。

木山城のあった益城町は、熊本地震の震源地である。震災の三か月後に行ったときの惨状が目に焼き付いている。更地となった後に新たに創り出されていく町は、これからどんな歴史を刻んでいくのだろう。

蛸壺工場たこつぼ二万積む秋天　　ゆう子

末の松山

清原神社は多分熊本の人も殆ど知らない。実にわかり難い場所にあって、祠といっていいほど小さく、いつも誰もいないので、一人でぼんやりするのに丁度いい。祀っているのは清原元輔。清少納言の父である。肥後守として赴任し、熊本で客死した。

わかり難いのはそこが北岡神社の飛地だからで、いったん神社を出て道を渡り、さらに崖を下って路地に入った住宅地の一隅にある。

おおもとの北岡神社は、やはり肥後守であった藤原保昌の創建とされ、この人は和泉式部の二度目の夫である。京都の八坂神社を勧請したので、もとは貞観地震を初め平安時代の様々な災害による死者を弔うための社である。そうすると次の歌との繫がりが見えてくる。

契りきなかたみに袖をしぼりつつ
末の松山波越さじとは　　清原元輔

末の松山は宮城県多賀城の松。貞観の大津波の時に、そこまでは波が来なかったので、有り得ない事の喩えに使われる。末の松山を波が決して越えないように、二人の愛も永遠だと誓いましたよね、それなのに、という意味である。

末の松山は、東日本大震災でも津波が及ばなかったそうだ。和歌が、末の松山の安全を、千年ものあいだ語り継いでいたともいえる。

貞観地震津波が起こったのは八六九年。元輔が生まれたのはその三十九年後。その頃にはすでに和歌の中で津波が比喩として使われていたようだ。その早さに少し驚く。その話はやや逸れるが、元輔の娘、清少納言の生年は九六六年。和泉式部も紫式部も同じ時期で、貞観地震のおよそ百年後である。私は昔からこの三人が同時代に居合わせて言葉の表現に携わったことを不思議に思っていたが、大地震の百年後に生まれた事と無関係ではない気がする。貞観地震の再来ともいわれる今回の東日本大震災では、さらに原発事故が起こった。これは天災とは全く違う次元の問題である。

水俣から石牟礼道子が生まれたように、福島からはこれから先、真実の言葉を語る人が出てくるだろう。混乱を体験した子供たちは、言葉の使い手となったときに何を語るだろうか。

十万年のちを思へばただ月光　　ゆう子

違い棚

ふるさとに妹が住む冬霞　　正木みえ子

母の句である。これは連載三回目に書いた蝶の弔を見た家のことだ。

城南町隈庄のこの家は叔母の嫁ぎ先であるが、すでに隈庄に実家のなかった母は、そこを故郷の拠り所としていて、墓参りなどのときに立ち寄るのもその家だった。

叔母のところには私より一つ上の従姉がいたので、私もまるで母の実家のような気分で、その古く大きな家で毎年夏休みをすごした。

そこに比べれば、健軍のわが家はまことに実用一点張りの小ささ。家というより生活の容れ物である。

隈庄の家は大きいだけでなく、代々住む人が入れ替わっても微動だにせず存続する、家自体の命があるように思われた。

L字形のほの暗い土間。ひんやりとした三和土。その一隅には馬小屋の名残。奥には五右衛門風呂。土間は台所まで続いている。

お茶垣があり、竹藪があり、池があり、庭には台湾で教師をしていたお祖父《じい》さんの銅像が建っている。

違ひ棚とほき霞を引き寄せて　ゆう子

いつも布団を敷いてもらう座敷には、床の間や書院があった。中でも心を惹かれたのは違い棚である。蚊帳越しに、あるいは昼寝をしながら、私はその違い棚の形状が不思議で、気になってしかたがなく、いつも眺めていた。それが半世紀以上たって、ふと言葉になったのがこの句である。

叔母の家への往復はいつもバスだったが、一度だけ父が免許取りたてのスクーターで迎えに来たことがあった。ところが緑川を渡る橋のところで警官に止められた。二人乗りは禁止というわけだ。父は幼い娘なら大丈夫と思っていたのだろう。すると困惑する父に警官がそっと言った。「少し歩いて、見えないところでまた乗せてください」。子供心にほっとして、大きな橋を父と歩いて渡った。

隈庄の家は熊本地震で損傷し、まもなく解体されて今はない。さぞかし立派な梁や柱があったことだろう。

9

子雀と鼠

歩道橋解体

歩道橋の解体・撤去を始めから終わりまで見ていたことがある。ホテルの七階からだったので、一部始終がよく見えた。

巨大な白い風船のようなライトで辺りを照らしながらの工事は、橋が跨いでいる路面電車の運行が終わった深夜に始まった。たまたまカーテンの隙間から外を覗いて気がついたのである。

解体の順番は、予め綿密に決まっているらしく、とても速やかに進む。頭を寄せ合って、さてどうするか等と話し合っている様子は全くない。

火花を散らして鉄を切断する人。クレーンで吊り上げる人。交通整理をする人。監督をする人。トレーラーを運転する人。誰もが黙って自分の受持ちの作業に専念している。大きい声で怒鳴っている人などいない。クールである。

順番を間違えるわけにはいかないだろう。間違えて傾きでもしたら大事だ。

多分四つある階段のどれかが最初に外された、と思う。

ああ残念。解体されていく順番をメモしておくのだった。私はその順番にこそ感動したのに。

解体されていく歩道橋は、ナナフシに似た大きな恐竜のようである。自分の役目を果たし、老いて、運命を知り、おとなしくされるがままになっている。

手足が外され、胴体が分断され、だんだん命が消え、体が消えていく。やがて一頭の老いた鉄製ナナフシは静かに昇天した。

鉄のクレーンが鉄の歩道橋を吊り上げ、鉄のトレーラーが運び去るさまは、大きな鉄製の生き物たちが、自らの意思で事を運んでいるようにも見える。

地球の内部のほとんどが溶けた鉄であることを思えば、彼らの体はまさに地球のはらわたから生まれたもの。恐竜もクレーンも地球から生まれたものには違いない。

朝、一夜のうちに歩道橋が消えていることに驚いた人は多かっただろう。秘密を知っているのは、半分徹夜して昇天を見守った私だけである。


この星のはらわたは鉄冬あたたか　　ゆう子

ホテル

歩道橋の解体を見たホテルは、表側は電車通りに面しているが、裏側に部屋を取れば、窓のすぐ下を清らかな川が流れ、翡翠《かわせみ》が飛び、青鷺が佇立していた。川は少し先で湖に注いでおり、朝起きると、湖へ散歩に出掛けて芭蕉の林を抜け、クレソンを摘んだり、双眼鏡で青鷺の巣を見上げたり。帰りには電車通りへ出て、焼きたてパンを買い、部屋でクレソンを挟んで朝御飯。

潺《せん》々《せん》とまたクレソンの頃となり　　ゆう子

冬は冬で川霧の立つ川辺を過ぎ、湖に立ちこめる靄ごしに水鳥たちの姿が朝日に逆光となって浮かび上がるのを眺めて、部屋に帰るのを忘れてしまう。中でもいつ行っても見とれてしまうのは、湖に朝日が差し込む頃、浅いところで湧く水と、水とともに湧くらしい気泡と、それらの影の作り出す模様である。ぽこぽこと湧き出た水は、もともとそこにあった水とすぐに混じり合わずに、微妙に質感の違う水の塊のままで、気泡の玉とともに水中を流れたり、小さな水輪となって水面を流れたりする。湧き水と湖の水は、流れながら捩れるようにして混じり合い、水面に綾のような筋が生まれる。それらのすべてに、朝日が当たって、水底に水色とも黒ともつかない影が投影され、それもまた流れてゆくのである。

光と水の織りなす模様は一瞬たりとも止まらずに変化し、流れ去って、後から後から目を奪われる。太陽ほど明るいものはないのに、水中は太陽そのものよりももっと輝きに満ちて感じられた。

ひかりより明るく春の泉かな　　ゆう子

それにしても、表では歩道橋の解体が見られ、裏では湧水のショーが見られるホテルなど、そうあるものではない。

もうひとつ思い出した。まだ薄暗い暁の、湖の真上の天空に、大きな虹を見たのもこのホテルの窓からだった。湖が上げる水蒸気のせいだったのか。あんな不思議な虹を見ることは、もう二度とないだろう。

昧《まい》爽《そう》の虹なり昏く大いなる　　ゆう子

母の日

百一歳になる夫の母が、脳梗塞を起こした。しかしまた甦って退院の日取りが決まったところである。

また、というのは、三年前にも脳梗塞になっているからだ。

そのときは脳幹部の梗塞だったので、みんな半ば諦め、「特効薬はありますが、ご高齢ですし、止しておきましょう」とドクターも言うし、何の治療もしなかった。

しかし意識のないままCTスキャンに運ばれた母は、救急外来に帰ってきたときには自分の名前が言えるようになっていた。彼女は自力で血圧を上げ、詰まっている箇所を吹き飛ばしたのである。

その後、リハビリの鬼と化した息子（わが夫）が、とろとろと気持ち良さそうに眠っている母を叩き起こして、グーチョキパーから無理矢理リハビリを開始した。三年たった今では、息子より上手に箸で豆を摘まめるまでに回復していたのだが、そんなときにまた脳梗塞。

しかし母は再び甦った。「もうこのままで」「なるべく安らかに」などと話し合っている横で、私の手をぎゅっと摑み、しきりに爪の感触を確かめている。爪が剝がれそうな力強さだ。手仕事の好きな母。何か作業をする夢でもみているのだろうか。

一週間ほどは予断を許さなかったものの、現《うつつ》らしいときは、手探りで何かに触れたがる。何も無いと、布団のカバーを手繰って折目を付けるような仕草をする。キーホルダーを渡すと、金属の感触が気に入ったらしく、ベッドの柵を叩いてコンコンと音を出した。

昨日は夫が印伝の小銭入を持たせると、えらく気に入ったそうだ。皮の手触りが優しい上に、印伝の模様の漆がぷつぷつと指に触れるし、大小のコインが中で動いて変化に富む。たぶん脳のシナプスの修復にいいのではないか。印伝の小銭入がこんなところで役に立つとは思わなかった。

このまえの母の日。母は初めて息子の顔と名前がわかって、ありがとうと言ったそうである。その日、偶然、共同通信のコラムに次の句が出ていた。


母の日の母にだらだらしてもらふ　　ゆう子

K9号酵母

私の自慢のひとつに、高校の同級生のお祖父様が9号酵母を作った、というのがある。やや間接的ではあるけれど、どうだ凄いだろうと言いたい。それはすごいと言ってくれる人がいたら、その人はたぶん呑兵衛である。

「K9号酵母」は「熊本酵母」とも「香露酵母」ともいい、熊本の酒造「香露」の蔵から、お酒の神様と呼ばれる野白金一が作った。9号酵母によって、日本酒は格段に美味しくなったといわれる。特に吟醸酒のあの芳醇さは、それによるのだとか。

9号酵母の誕生は昭和二十八年だそうだから、酵母も私たち同級生とほとんど同い年ということになる。

野白金一の孫である友達とは今でも熊本に帰ればよく会って、お祖父様のおかげの美味しい日本酒を飲む。

彼女の記憶によると、金一は晩酌を欠かさなかったが、おつまみは決まって鯛の刺身とセロリだったという。おおお。そんな時代にセロリとは。でもしかし確かに吟醸酒にはよく合うし、なんて品のいい選択だろうか。神様は食べるものが違う。

わが町大宮には、今年創業百二十六年になるという酒屋があり、隣に「酒屋の隣」という立ち飲みのできる蔵がある。

立ち飲みなのに食べものも充実しており、日本中の美味しいお酒が飲める。すべて純米で、その殆どが火入れをしない生酒。私は生酒派であるが、火入れする派のお燗酒の温度設定も他ではめったに味わえない繊細さ。

そこで七〇CCほどの量で、四、五種類くらいを、家人と分け合って飲み比べ、帰りに隣の酒屋で買って帰る。

たいてい一升瓶を二本買うので、一本づつリュックに背負う。だからリュック選びはシビアである。一升瓶の頭が上から飛び出ないものでなければならない。

夕食の時は食卓に、大黒柱のように一升瓶の柱を立てる。ふだんペンより重いものは持てない私が、一升瓶だけは片手で持てるのが不思議である。

髪へ飛ぶぶうろこひとひら桜鯛　　ゆう子

葡萄畑

前回日本酒のことを書いたので、今日はワインのことを。

私はよほどお酒の神様と縁があるのか、数年前から長野県産ワインとの縁が出来て、濃やかに情報が入り、送ってもらえるようになった。

べつに味がよくわかるわけではないが、「これは、長野に移住して葡萄畑を始めたご夫婦が初めて作ったワインです」などと説明入りで送ってくると、その物語がワインを何倍も美味しくしてくれる。いま長野では小さな葡萄農園やワイナリーが次々と芽を出しているのだ。

「このワイナリーのご主人は元プロサイクリスト」「これを作ってるのはスナフキンみたいな人」。いちいち楽しい説明がつく。

遥かな外国のワインはそれは美味しいだろうけれど、作る人の顔が見えるとは、これもまたなんて贅沢な。

昨秋は葡萄畑を見せてもらった。葡萄は日当たりが重要だそうで、東御市にあるその畑には燦々と陽が注ぎ、八ケ岳から蓼科山、霧ケ峰を経て美ケ原に繋がる山並のさらに向こうには北アルプスの稜線に槍ヶ岳まで望むことができる。

収穫が終わったばかりの畑にはまだたくさんの葡萄が残っていて、これはシャルドネ、これはメルローと畑を巡って摘まみ食いをさせてもらった。ピノノワールはその名の通り、小さくて黒い。

なんでも昨年は葡萄の当たり年で、今年の春から五年位かけてリリースされる二〇一七年ものはとても楽しみなのだとか。

ところで、日本酒だけでなくワインまで参入したわが家の食卓にはひとつ問題があった。ビール党の家人が、ワインを飲むときにもその癖が出てゴクゴク飲んでしまい、心の狭い妻はそれを容認できないのだ。

もったいないではないか。デイリーワインのときは黙っているが、偶に取っときのものを飲むときには見過ごすわけにいかない。

ワインはゴクゴク飲むものじゃないのよ、ちびちび飲むのよ、舐めるのよ、啜るのよ。

このあいだ妻の監視のもと、しかたなく啜っていた彼が、目を白黒させたかと思うと噎せて噴き出した。もったいない。

Pinot Noir　春灯に香を開き初む　　　ゆう子

子雀と鼠

その豆腐屋は、外から窓口越しに買うようになっていて、私は小銭を握り、お豆腐を包んでもらっていた。窓口にはちょっと財布を置いたりできるように、ステンレスの小さなカウンターが設《しつら》えてある。

豆腐屋の前は区役所で、大きな桜の木が三本、満開を少し過ぎて、ときどき吹く風に、はらはらと花びらを散らせている。

すると突然突風が吹いた。花びらが盛大に舞い上がり、風向きのせいで、豆腐屋へ花吹雪が吹き付け、カウンターの隅っこが花の吹き溜りになった。

きれい、きれい。そう思う間もなく、カウンターの花びらの中からビービーと小さな声がする。一瞬のことで何が起こったかわからなかったが、花びらまみれに、小さな雀がおびえて鳴き立てている。

どうしたものか、両手で摑めそうだが、どうしようとおろおろしているうちに、雀は桜の木の方向へ飛び立ち、風に翻弄されながらも無事に戻っていった。

まだ飛びはじめたばかりで、しっかりと枝に捉まることができなかったのか。花吹雪に巻き込まれて、ステンレスに打ち付けられなかっただろうか。風に怯え、私に怯え、身を引くように縮めていた姿が忘れられない。

はなびらと吹き寄せられて雀の子　　ゆう子

忘れられないときは、俳句にする。

同じように、怯えた小動物を詠んだことが、もう一度。

大雨の後。鼠だった。雨に流された鼠が、やっと陸に這い上がったところではなかっただろうか。通りかかった私に向かって、川岸の柵の根元でキイキイと威嚇したので気がついた。鳴かなければ気づかないものを。私にできることは、速《すみ》やかに通り過ぎることだけ。

このときも鼠は、私を見上げながら、身を引くように縮めていた。そんなに怖がらなくてもいいのに。パニックの中で、大きい者はそれほど怖いのだ。

忘れようとして詠んだのに、句にしたせいで、子雀も鼠もますます印象鮮明になってビービーキイキイと鳴く。


ふたたび言ふ出水の窮鼠《きゅうそ》見たること　　ゆう子

練習

青々とした牧草地の中の小径。見晴らしを楽しもうと入っていくと、遠くの方で、草むらから道へ出たり入ったりする小さな生き物がいる。鼠くらいの大きさだが、ちょろちょろではなく、とことことという歩き方。五、六匹いる。

近づくのを止めてそっと双眼鏡で覗くと、鳥である。匹ではなくて羽だ。頭に特徴がある。冠。雲雀？

それまで、雲雀はピチクリピチクリと天に揚がっていくときしか見たことがない。雲雀って歩くのか。

そういえば雲雀は空高く昇ったあと地面へ急降下するが、巣はそこにはなく、巣の位置を秘密にするために、降りてから歩くのだと聞いたことがある。

しかし双眼鏡の中にいる雲雀はそんな目的のある歩き方ではない。どう見ても子供っぽい。近づこうとするとすぐに草むらに入ってしまう。

草原には他の雲雀たちもいて、揚雲雀もいるし、ときどき何羽かの雲雀が飛び交ってもいる。囀《さえず》りが空に満ちたり、みんな草原に降りてしんとなったり。

そのうち、飛び交う雲雀たちの中に、草原すれすれに飛ぶものたちがいることに気づいた。輪になって、ぐるぐると低く飛んでは、草原に沈む。飛び習っているよう。きょうだいで練習している。

もういちど道を歩いてくれないかと辛抱して待っていると、出てきた出てきた。なんとあどけない歩き方。羽を畳んでいるせいか、あまりバランスが良くなく、えっちらおっちらという感じ。きょろきょろしている。まだ何も知らない子雲雀たち。もしかしたら巣を出たばかりか。寝るときは巣に戻って五、六羽で身を寄せ合うのだろうか。

よく見ると、中の一羽が虫を咥《くわ》えている。初めて自分で捕った虫かもしれない。なんとなく得意そう。しかし食べるわけでもなく、虫を咥えたままぶらぶら歩き回ると、やがて草むらへ入っていった。

ここでは次の年も雲雀の子供たちを見た。水溜りで遊んでいた。この草原からは那須連山の全容が一望できる。連山は、大きな鳥が後ろ向きに翼を広げているように見える。

子雲雀のぶらぶら歩き虫咥へ　　ゆう子

10

星糞峠

天の貯金

「ポケットのなかにはビスケットがひとつ。ポケットをたたくとビスケットがふたつ」という歌があるが、私の場合は、ポケットを叩いたら三百円が三十万円になった。

ところは新潟県の弥彦競輪場。友人たちと弥彦神社にお参りしたあと、電車までの時間が余り、一生に一回ぐらい競輪なるものを経験しておこうかと、みんなで立ち寄ってみたのである。

あれは車券というのだろうか。初めて行って、どうせ当たらないからと、一番オッズ（というのだろうか）の高いのを買ったら、一等になったのだ。

このときわかったことが二つある。ひとつは自分には買いたいものが無いということ。もうひとつは、こういうときは誰彼にお福分けをしているうちに、たちまち足が出るということ。

幸運が降ってきた経験は他にもある。たしか宗左近さんに贈るための花束を買いに行ったときだった。

ひまわりの花束を頼んで待っていると、店主が「実は今日で店を閉めるんです」という。そういえばいつもより花の数が少ないようだ。そうですか残念ですねなどと話すうち、店主が「もしよかったら、ここにある花全部あげますよ」と言い出した。えーっ！　これ全部？　少ないといっても、かなりの量である。常連でもない私に？　しかし断る理由もない。家人に車で迎えに来てもらい、車一杯の花をありがたくいただいいた。十日ばかりの間、あんなにたくさんの花に囲まれた日々はない。

子供の頃、本格的な熊本弁でときどき哲学的なことを言う近所のおばさんが、しみじみと私に言ったことがある。

ゆう子ちゃんな、天では一人分づつの運が決められとっとよ。それば使い果たさんごとせな。貯金と同じこつ。天の貯金たい。

もしも一生の運というものが誰にも同じだけ用意されているとしたら、なけなしの運はもっと堅実なものに使った方がよかったかもしれない。

奇想来て去りぬ大ひまはりの前　　ゆう子

蛍

湖に近い土地に育ったせいか、今夜あたり蛍が飛び始めるという日は、夕方の空気の匂いでわかる。

熊本の母が家で生活できていた最後の頃、そんな夕べがあって、ふと思い立ち、母と姉をタクシーに乗せて江津湖へ向かった。

母はもう九十近かったし、姉は幼児の頃からの半身不随なので、出来るだけ水際までタクシーに連れて行ってもらい、左右の手に母と姉を連れて、暗い水辺をそろそろと歩く。

姉は生まれて初めての蛍だった。姉の半身不随は念が入っていて、もともと片目が全く見えない上に、見える方の視野も真半分しかない。

そのことを、よく見えないということを、姉は六十歳位になるまで自分の口から言わなかった。いよいよ母が高齢になって姉の面倒を見られなくなった頃、私が病院に連れていって初めて分かったのだ。我慢強いにも程があるし、母もまた暢気な人であった。

姉の目はそれに加えて白内障になっているものだから、蛍よ、見える?と言っても、うーんわからん、見えるような気もすると言う。見えてはいないのだろう。それでいい。蛍とはそんなものだ。

母はすでに本人が蛍のような儚さで、三人で手を繋いで蛍を見ていると、もう何もかもが儚く思われて、夢の中を彷徨っているようである。

三人で出掛けることなど、最後だと分かっていた。弱っていた母を、夜に連れ出すなど無謀だったのに、私は少し狂ってみたかったのだ。

母の夢幻と、姉の夢幻は蛍の闇と混じり合い、私だけがこの世に取り残されているような気がしたが、人から見れば、私も踝あたりまでひたひたと昏いものに浸されていたかもしれない。

家に居られなくなるどころか、やがてこの世にいられなくなる母と、片時も母を離れたことのないままに老いた姉。

しかし姉はこの後十年かかって母から精神的な自立を果たし、一人になった今は、江津湖近くの神水《くわみず》にある施設で穏やかに暮らしている。不自由な体を一度たりとも悔やんだことがなく、いつも自分の人生を抱きしめているような姉である。

口笛は兄ハミングは姉桐の花　　ゆう子

涅槃西風

『羽羽』という句集を作った。意味を聞かれるが、私にもわからない。装丁者（夫である）にも聞かれ、不明と言うと、本人にも意味のわからない書名は如何なものかと反対された。

たらちねのははそはのはは母は羽羽　　ゆう子

熊本の母が死んだときに作った句で、書名はここから取ったが、この句にも意味は無い。母に掛かる枕詞を二つ重ね、ただ「おかあさん」と呼びかけている句だ。「羽羽」は偶然辞書で見つけた。大蛇のこととある。もっと特定すれば八岐大蛇《やまたのおろち》だが、意味は無視することにした。私はこの言葉が気に入り、ハハという音を使いたかっただけである。

先ず字面がシンプルできれい。おまけに「羽羽」を使えば、一句に「ヽ」が十個も含まれる。この句には「ハ」という音も十個あるので丁度いい。

何が丁度いいんだか、親の死を悼む句で遊ぶんじゃないと叱られそうだが、色々な理由をつけて、私はこの言葉にこだわった。

句集には鳥の句が多いので、それにも相応しい気がした。象形文字なので羽羽と書くと、鳥が二羽飛んでいるように見える。

結局、書名は「羽羽」になったが、せめてわかりやすいように、「はは、掃き清める大きなつばさ」と副題をつけた。破魔矢という言葉も羽羽に関係していたりして、羽羽には実際にそんな意味合いがあるらしい。

意味のわからない言葉は、役目を果たすためでなく、ただ存在するために存在しているようで面白い。

あるとき、辞書を引いていると不思議な漢字に出くわした。馬という字を三つ重ねて「驫」。「ひゅう」と読む。「犇」は知っているが、馬版もあったのだ。嬉しくなって調べると、同じ構造の字は他にも、麤、譶、鱻、淼、灥、矗、焱、毳、皛など案外たくさんある。

そうなるともう使いたくて仕方がない。次の句、最初に家族に見せると、お経みたいと言った。ほんひゅうせんせんびょうせんしんしんねはんにし、と読む。

犇驫譶鱻淼灥森涅槃西風　　ゆう子

星糞峠

　このところのわがブームの言葉は、「星糞」である。「星」も「糞」もありふれた言葉なのに、それがくっつくと、二つの文字のギャップに胸がときめく。

　流れ星を星糞と呼ぶのは知っていたが、もうひとつ、黒曜石から石器を作る時の削り屑を星糞と呼ぶことは、長野県長和町の「黒耀石体験ミュージアム」と、そのすぐ上にある星糞峠に行って初めて知った。

　美ヶ原と霧ヶ峰の間の北側にある星糞峠は、旧石器時代からの黒曜石の一大産地である。ここの黒曜石は、溶岩が急速に冷えて出来ているために透明度が高く、割れると鋭利で、石器として優れ、重宝されて日本各地へ運ばれたらしい。

　展示されている石器、特に鏃《やじり》は、透き通った黒に照明が当たって、とても美しい。宝石にはなんの興味もないけれど、こんな鏃ならばお守りに持ってみたいと、内なる原初の血が騒ぐ。

　これまで私はこの命が代々受け継がれてきたことを、数百年の単位でしか実感できていなかった。しかし命は、旧石器時代から、そのもっと以前から、一瞬も途切れることなく、鼓動から鼓動へ、息から息へ、命を繫いで手渡されてきたものなのだと、当たり前のことに初めて驚く。

息白くわれへ繫がる太古かな　　ゆう子

黒曜石は露天掘りで採ったそうで、星糞峠の遺跡は、峠のなだらかな斜面にクレーターのような窪みとなってあちこちに草を被っている。

現在発掘中の穴は、私が行ったときは雨模様だったので、ビニールシートで保護されていたが、穴の周りにはたくさんの星糞が曇り空の光を返していた。拾って泥を拭い、風景に翳すと、黒いガラス越しに新緑の木々が透けて見える。削り屑であるから、昔々誰かが確かに触れたことのある石である。

原始時代・原始人というけれど、こうして黒曜石に触れてみると、遥かな先祖より今の人間が優れているとはとても思われない。

遺伝子の螺旋を辿って自分の奥深くへ分け入ってみれば、その頃の痕跡が残っているだろうか。螺旋の奥の遥かな太古に、私は私の裡《うち》で辿り着きたい。

地に星糞天に星糞去年《こぞ》今年《ことし》　　ゆう子

あとがき

春秋社創業百周年記念出版に参加をとお話のあったのは、二〇一六年秋、句集『羽羽』刊行の打ち上げのときだった。よい考えが浮かぶ間もなく一年が過ぎ、今度は『羽羽』の蛇笏賞を祝っていただく席で、やんわりと社長から催促。しかしそのとき私は目眩の症状を起こしていて、二〇一七年も進展なく過ぎようとしていた。

それにしても百周年に本を出していただけるとは、なんという光栄だろう。どうにかできないかと考え始めた昨年の十一月、西日本新聞から随筆連載の依頼があった。

この八百字のコラムは、五十回を、ウィークデー即ち週五日、十週で完結するという短期集中型である。実は私はもともとこのコラムのファンで、福岡から切り抜きを送ってもらって読んでいた。出来るかどうか自信はないが、連載をやり通せば一冊になる。

斯くして掲載は二〇一八年五月八日から七月十八日までと決まった。

こんなにたくさんのエッセイを短期間に書いたのはもちろん初めてである。週一回ならば一年かかる回数を、二か月半で書くことは、大変どころか、思わぬ楽しさだった。連日だと、週一ならば書けないような他愛のない内容でも許される気がした。

そういう書き方のエッセイは、どこか俳句と似ている。普通なら素通りするような何でもないことを言葉にするのが俳句ならば、短いエッセイも、誰もに起こっている普通のことを掬いあげて書くのである。

書きながら、それまでは気づかなかった物事の奥にある恩に辿り着くことも多かった。

例えば、「違い棚」に出てくる熊本の城南町隈庄にある叔母の家のこと。叔母の婚家だったこの家を、私はまるで自分の故郷のように思って夏休みごとに長期滞在していたのだけれども、叔父とそのご両親は、嫁の姉の家族をよくあんなに家族として遇してくれたものである。

敷地と家が大きかったせいもあるだろう。叔母が良い嫁だったからでもあるだろう。もしかしたら引き揚げ者だった私たち家族を労る気持もあったのかもしれない。いずれにしても、それが決して当たり前のことではなかったのだと、書きながら初めてその恩に気がついた。

久しぶりに従兄と電話で話し、あの家は築何年だったのと訊くと、なんと寛政十年（一七九八年）の建築だというから、私たちが子供の頃でもすでに築二百年近かったことになる。

熊本地震のあと解体したとき、二百二十年分の物の整理が、それはそれは大変だったそうである。

タイトルは、新聞連載時「十七音の内と外」だったものに、「猫のためいき鵜の寝言」を付け加えた。拙句「よきものに猫のためいき雪催」「聞こゆるは川の音はた鵜の寝言」から取った。

「猫のためいき」の事情は、本書「マル」の項にある通り。

鵜の寝言は、度々泊まった岐阜県関市小瀬の鵜匠の宿で何度か聞いた。長良川上流のその宿では、客室と鳥屋とが鍵の手に繋がっており、夜中に鵜の寝言が本当に聞こえるのである。

変な書名と思うけれども、拙文もため息や寝言の類であるし、このところずっと「猫のためいき鵜の寝言　十七音の内と外」が調子よく頭の中で鳴り止まないので、書名とした。

新聞紙上では毎日挿絵が入ることになっていて、那須の友人米倉万美さんにお願いした。彼女は連載のためにキャラクターを創り出してくださった。

この小さな女の子は、不思議な存在感で以て、二か月半の間、連載のお守りになってくれ、本書でも表紙と各章の扉を飾ってくれている。万美さん、素敵な絵をありがとう！

春秋社百周年の節目に刊行させていただけることに感謝いたします。そして読んでくださったすべての方に感謝を捧げます。

正木ゆう子

二〇一八年夏至

初出　「西日本新聞」連載（平成三十年五月八日〜七月十八日）

正木ゆう子（まさき・ゆうこ）本名・笠原ゆう子
1952年（昭和27）熊本市生まれ。お茶の水女子大学卒業。1973年より能村登四郎に師事。句集に『水晶体』（私家版）、『悠HARUKA』（富士見書房）、『静かな水』（春秋社）、『夏至』（同）、『羽羽』（同）がある。俳論集『起きて、立って、服を着ること』（深夜叢書社）で第14回俳人協会評論賞受賞、句集『静かな水』で第53回芸術選奨文部科学大臣賞受賞、句集『羽羽』で第51回蛇笏賞受賞。ほかに『現代秀句』『十七音の履歴書』（ともに春秋社）など。現在、読売俳壇選者、熊本日日新聞俳壇選者。

JASRAC 出 1810312-801

猫のためいき鵜の寝言 十七音の内と外

二〇一八年一〇月一七日 初版第一刷発行

著　者 正木ゆう子
発行者 澤畑吉和
発行所 株式会社 春秋社
東京都千代田区外神田二―一八―六
郵便番号一〇一―〇〇二一
電話（〇三）三二五五―九六一一（営業）
三二五五―九六一四（編集）
振替〇〇一八〇―六―二四八六一
印刷所 萩原印刷株式会社

ISBN978-4-393-43655-4
http://www.shunjusha.co.jp/
定価はカバー等に表示してあります

◆正木ゆう子第五句集◆

春秋社

羽羽

はは、掃き清める大きなつばさ

風の香り、水の流れ、星の輝きに宇宙の鼓動を聴く研ぎ澄まされた感覚、人類の未来を想う感性、生きとし生けるものへの眼差しがとらえる神秘と感動。森羅万象への直感が鮮やかに紡ぎだす言葉の世界。

二〇〇〇円（税別）

〈第五十一回蛇笏賞受賞〉

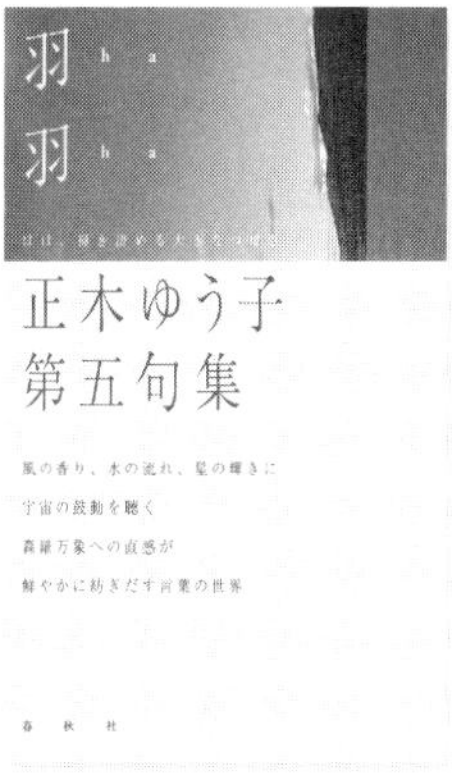